Cith is Dealán

CITH IS DEALÁN

SÉAMUS Ó GRIANNA

Máire

Samhailt a bheirim don tsaol
Spéir thaodach lá earraigh,
'S go dtig toil agus neamhthoil
Mar thig cith is dealán.

Niall Ó Dónaill
a chuir in eagar

CLÓ MERCIER

CLÓ MERCIER TEORANTA
Corcaigh
www.mercierpress.ie

Trade enquiries to Columba Mercier Distribution,
55a Spruce Avenue, Stillorgan Industrial Park, Blackrock, Dublin

978 0 85342 448 2
10 9 8 7 6 5

Is le cabhair deontais chun tograí Gaeilge a d'íoc
an tÚdarás um Ard-Oideachas trí Choláiste na
hOllscoile i gCorcaigh a cuireadh athchló ar an
leabhar seo.

arts
council
ealaíon
Mercier Press receives financial assistance from
the Arts Council / An Chomhairle Ealaíon

Muiris Mac Conghail, PHRA, a rinneadh an dearadh don chlúdach.

Printed in Ireland by ColourBooks Ltd, Baldoyle Industrial Estate, Dublin 13.

Clár an Leabhair

SAGART ÉAMOINN SHEÁIN ÓIG

1

Bhí sé ina chónaí leis féin i dteach bheag cheann tuí in ascaill an ghleanna. Ní raibh a fhios againn féin (agamsa nó ag Dónall nó ag an chuid eile de na páistí s'againne), ní raibh a fhios againn cad chuige ar tugadh 'an Sagart' air. Níor chosúil le sagart é ar dhóigh nó ar dhóigh eile. Bhí cuma bhocht ocrach air. Bhí sé ina chónaí i gcró bheag a raibh dath an tsúiche ar na taobháin agus ar na creataí aige. Seanduine lom cnámhach a bhí ann, féasóg liath ag teacht go leath a bhrollaigh air, agus culaith smolchaite air de ghlaisín caorach.

Bhíodh sé go minic ag léamh. Sin an rud ba mhó a chuir iontas orainn féin, seanduine den tseandéanamh agus léann aige! Bhíothas á rá, fosta, gurbh é an chuid ab fhearr den léann a bhí aige. Chonacthas sin cruthaithe an lá a bhí sé féin agus máistir na scoile le chéile sa tseanchas i dteach an éistigh. Rinne sé ciolar chiot den mháistir i ndiaidh an gus a bhí ann. Agus níorbh é sin amháin é, ach thug sé lán a léineadh don tSagart Mhór Ó Dhónaill an tráthnóna céanna.

Oíche Shamhna amháin, arsa mo mháthair liom féin le clapsholas: 'Goitse, a Mháire, go bhfága tú meascán ime agus gogán bainne thuas ag Sagart Éamoinn Sheáin Óig. Is mór an díol déirce an duine bocht. Oíche cheann féile ann agus gan aon deor ina theach is gile ná an t-uisce. Imigh leat anois. Bíodh Dónall leat má tá uaigneas ort.'

D'imigh mé féin agus Dónall. Bhí iomlán gealaí ann agus oíche chomh ciúin is nach mbogfadh ribe ar do cheann. Suas an bealach mór linn, cois an locha, agus sinn ag amharc ó am go ham ar na scáilí uaigneacha duibheagánacha a bhí na Beanna Gorma a chaitheamh trasna ar bhrollach chiúin an locha. Thuas i mbarr an ghleanna bhí teach an tSagairt. Mhothaíomar boladh an ghiúis sula dtáinigeamar fá chéad slat don doras. Tine ghrágán is minice a bhíodh thíos aige.

Ar theacht chun an tí dúinn bhí sé ina shuí ar súgán sa chlúdaigh agus é ag cur paiste ar sheanbhríste, le solas na tineadh. Chuir sé fáilte romhainn agus d'iarr orainn suí.

'Ní fhéadfainn a bheith fuar ionaibh,' ar seisean, ag ligean an ghogáin fá réir. 'Is iontach nach bhfuil sibh tuirseach ag déanamh cineáil orm ... Tarraing an stól aníos in aice na tine, a Dhónaill ... Goitse, a Mháirc, ó tharla in áit na garaíochta thú, agus cuir snáithe sa tsnáthaid seo domh. Tá mé ag cailleadh an amhairc. ... Go mbuanaí Dia amharc na súl agat, a leanbh ... A Dhónaill, buail an madadh sin as eadar thú agus an tine ... 'Bhran! an gcluin tú mé? Gabh siar agus luigh faoin leaba agus ná bí sínte i do scraiste sa luaith más fada do shaol.'

D'éirigh an madadh agus shín sé amach a dhá chois tosaigh. Chroch sé amach teanga fhada dhearg agus nocht sé fiacla fada geala. Ansin d'imigh sé go fáilí agus shocair é féin thiar faoin leaba.

Bheir an Sagart ar an mhaide bhriste agus thiontaigh sé cupla smután ar an tine. D'éirigh bladhaire beag croíúil uirthi a chuir scáilí a dhamhsa ar na ballaí. Thiontaigh an Sagart thart an bríste nó go raibh an paiste ar aghaidh a láimhe agus thoisigh sé á fhuáil. Chuir sé suas drandán ceoil. Tharraing sé air sean-amhrán de chuid an bhaile s'againne:

> Dhéanfaidh mé cuilt de mo bhríste
>   mhairfeas le saol na bhfear,
> Is beidh mé mar sin go dtí'n díle
>   's mé ag imeacht mar chaoirigh ghlais.
> Ní bhainfidh mé 'n fhéasóg seo díom
>   nó go mbí sí seacht míle ar fad,
> 'S mur' bhfaighe mise grá geal mo chroíse
>   fuígfidh mé 'n saol seo ar fad.

Nuair a bhí an t-amhrán sin ráite aige thoisigh sé ar cheann eile. Dúirt sé cuid mhór den dara ceann fríd a fhiacla, mar nár mhaith leis sinne a chluinstin. Níor choinnigh mé cuimhne ach ar chupla focal de:

Faraor an té fuair léann an tsagairt
Agus thréig a chreideamh mar gheall ar mhná.

Nuair a bhí an paiste curtha aige chaith sé an bríste trasna ar bhacán a bhí sáite sa bhalla. Chuaigh sé anonn go dtí an leaba, d'fhoscail bocsa beag adhmaid, agus tháinig chugainn féin le dhá úll. Shuigh sé sa chlúdaigh ar ais agus chuir dealán ar a phíopa. Ansin thoisigh sé a chomhrá linn agus a inse scéalta dúinn. Agus, a Dhia, na scéalta deasa a bhí aige—fá dhaoine beaga agus fá cheol sí.

'Ar mhaith libh "Gadaíocht Inis Duáin" a fheiceáil?' ar seisean.

Dúirt mé féin gur mhaith. Thug sé leis cúig cinn déag de scealláin agus cúig cinn déag eile de dhartáin mhóna, agus rinne sé an cleas dúinn ar chlár pota. D'fhanamar aige go raibh am luí ann.

'Muire, rinne sibh bhur n-airneál ar fónamh,' arsa mo mháthair, nuair a tháinigeamar chun an bhaile. 'Mar dhia gur ag an tSagart a chaith sibh an oíche!'

Dúirt mé féin ar m'fhírinne gurbh ea, ag toiseacht agus ag inse fá na cleasa agus fán ranntaíocht a bhí aige.

'Tá sé ar chéill na bpáistí,' arsa mo mháthair.

'Bhí amhrán aige fá chuilt a dhéanamh dá bhríste a mhairfeadh le saol na bhfear,' arsa Dónall.

'Bhí ceann eile aige,' arsa mise, 'fá fhear a fuair léann sagairt agus chaill a chreideamh.'

'Is minic an t-amhrán sin ina bhéal,' arsa mo mháthair mhór.

'B'fhéidir nach raibh sé i ndán dó a bheith ina shagart,' arsa mo mháthair.

'Creidim dá mbeadh go mbeadh, d'ainneoin na mban,' arsa an tseanbhean.

Leis sin anonn le m'athair go dtí an fhuinneog, gan focal a rá, agus thug anuas coróin Mhuire a bhí crochta ar thaobh an bhalla. Is minic a níodh sé seo i dtrátha am luí, nuair nach mbíodh toil don chomhrá aige. Ní thugadh sé fuagra ar bith uaidh, ach a ghabháil ar a ghlúine ag colbha na leapa, agus ba é an chéad rud a chluinfeá: 'Cuirimis sinn féin i bhfianaise Dé.' Leoga, b'fhurast a aithne ar a ghlór an oíche seo nach é sin an rud ba mhian leis a rá ar chor ar bith ach: 'Níl sibh gan comhrá agaibh os coinne páistí.'

Níor chuala mé scéal an tSagairt an oíche sin, nó go ceann dheich mblian ina dhiaidh sin, gur fhág mé aois an pháiste i mo dhiaidh agus gur thoisigh mé a ghabháil a dh'airneál tigh Nualaitín. Oíche amháin agus scaifte againn ag sníomhachán aici, mar Nualaitín, d'inis sí domh an méid atá 'fhios agam fá Shagart Éamoinn Sheáin Óig.

2

Bhí Éamonn Sheáin Óig lá de na laetha agus bhí dornán de rathúnas an tsaoil aige. Bhí siopa agus teach tábhairne aige agus leadhb bhreá thalaimh. Leoga, má bhí pingineacha airgid féin aige chan gan fhios dá cheithre cnámha féin a bhailigh sé iad. D'oibir sé as allas a mhalacha nuair a bhí sé óg. Rábálaí mór a bhí ann. Bhí sé ar a chois go moch is go mall, agus bhí lámh i gcuid mhór rudaí aige. Bhí a shliocht air: bhí sé ina shuí go te.

Triúr chlainne a bhí aige—beirt mhac agus iníon. Ba mhaith leis léann ag na mic, agus chuir sé chun na scoile iad. Ba chuma leis fán inín, sin nó mheas sé go mb'fhearr di mar a bhí sí.

'Nach é an leithcheal ar Bhríd bhoicht é,' arsa a bhean lá amháin le Éamonn. 'Ba chóir duit a cur cupla bliain go Leitir Ceanainn.'

'Níl sí ar deireadh,' arsa Éamonn, 'agus lán a craois a bheith aici lena solas, agus gan a bheith ag caint ar a cur go Leitir Ceanainn. Dá gcaitheadh sí a ghabháil go Leitir Ceanainn mar a chuaigh mise—a dhéanamh fostaithe ar aonach an tSeanbhaile i gceann m'ocht mblian, agus gan orm ach péire máirtín—bheadh a fhios aici goidé rud an saol, agus chan léann a bheadh ag cur bhuartha uirthi. Ar scor ar bith, níl mórán le gnóthú ar an chineál léinn a gheibh siad i Leitir Ceanainn. Sin beirt iníon an dochtúra atá ar shiúl le trí bliana, agus dheamhan má thig le ceachtar acu a inse duit cá mhéad pingin sa scilling.'

'Is cuma liom,' arsa an bhean. 'Ach is mór an difear atá tú a dhéanamh eadar í féin agus na gasúraí.'

'Tá rud agamsa fá choinne Bhríde,' arsa Éamonn, 'is fearr go mór ná an amaidí a theagascann mná rialta, mar atá puntaí breaca. Nuair a bheas Bríd apaidh chun comóraidh cuirfidh mise crudh léi nach mbíonn moill uirthi fear a fháil leis. I dtaca leis na gasúraí de, tá mé de gheall ar foghlaim mhaith a thabhairt dóibh, sa chruth is go mbeidh siad ábalta cuidiú liom biseach a chur ar na gnoithe seo atá eadar lámha agam. Is mór a choinnigh díobháil an léinn ar gcúl mé féin. Is minic a dúirt Ceon an Bhun Bhig liom dá mbíodh léann agam nach raibh a fhios cá háit a stadfainn. Sin an rud a bheir orm a bheith ag brath dornán airgid a chaitheamh leis na gasúraí.'

Bhí difear mór eadar beirt mhac Éamoinn Sheáin Óig. Bhí Donnchadh briscghlórach aigeantach agus gan ar a aird ach greann is cuideachta. Bhí Tarlach ciúin tostach—dúrúnta, dar leis an té nach raibh an aithne cheart aige air. Shíl bunús mhuintir an bhaile gur bródúil a bhí sé, cionn is é a bheith ina mhac ag toicí. Ach níorbh ea.

Nuair a bhí siad ar an scoil, bhí Donnchadh ina bhall mhór ag an chuid eile de na gasúraí. Duine aerach scailleagánta, a bhí ar bharr na gaoithe agus gan mórán ina cheann, a bhí ann. Bhíothas go maith dó, mar a bhítear dá mhacasamhail i gcónaí. Ach Tarlach! Bhí sé ina éan chorr i measc na scoláirí. Níor ní leo é agus níor ní leis iad.

D'fhás sé aníos ina stócach. Ní raibh sé ag cur mórán suime san earradh a bhí a athair a dhíol is a cheannacht. B'fhearr leis ar shiúl leis féin fá uaigneas an chladaigh.

Lá amháin thoisigh Éamonn Sheáin Óig a dhéanamh gearáin lena mhnaoi fána mhac Tarlach. Bhí mothú feirge air. Shílfeadh an té a bheadh ag éisteacht leo gurbh í an mháthair ba chiontaí leis an stócach a bheith ag gabháil chun an drabhláis. B'fhéidir gurbh iad na leithscéalacha a bhí an bhean a ghlacadh a chuir an fhearg ar Éamonn.

'Ní dhéanfaidh sé lá de rath lena sholas,' arsa Éamonn. 'I ndiaidh an méid scoile a thug mé dó, ní thiocfadh leis a chuntas cá mhéad an gaimbín ar chéad mine buí ar thrí pingine an chloch.'

'B'fhéidir nach bhfuil a intinn leis,' arsa an bhean. 'Is minic a chuala mé an Sagart Mór á rá nár cheart tabhairt ar dhuine a ghabháil i gceann ceirde nach raibh toil aige di. Ag Dia atá a fhios goidé atá i ndán do Tharlach. Is minic a chuala mé é á rá gur mhaith leis a bheith ina shagart. Is cuimhin linn uilig an rud a dúirt sé an chéad Domhnach a rinne sé an tAifreann a fhriothálamh.'

'Char dhada beagán,' arsa Éamonn. 'Ba mhór is ba mhilis sin an phingin a bheadh a dhíth le sagart a dhéanamh de.'

'Is deise cabhair Dé ná an doras,' arsa an mháthair. 'Is mór an truaighe cúl a choinneáil air agus é i bhfách le bheith ina shagart. Is gairid a bheadh mo leanbh ag tabhairt isteach a bhris dá bhfaigheadh sé paróiste dó féin. An bhfeiceann tú Sagart Aindí Bháin thiar ansin? Nuair a tháinig sé amach as an choláiste bhí a mhuintir amuigh ar an doras le boichtineacht, nó deas go maith dó. Agus dearc ar a gcuid saibhris inniu!'

Rinneadh cuid mhór cainte fán scéal, agus d'imir

bean Éamoinn a cluiche féin go hiontach cliste. I gcónaí
ag cur ar a shúile do Éamonn go mbeadh siad ar
rothaí an tsaoil dá mbeadh Tarlach ina shagart. Ba é
an deireadh a bhí air gur cuireadh an stócach chun
coláiste nó go ndéantaí réidh é le cur go Maigh Nuad.

Ar feadh tamaill a chéaduair ní maith a bhí a fhios
ag Tarlach goidé ab fhearr dó a dhéanamh. Ach as a
chéile thoisigh a intinn a chlaonadh in aice na hEaglaise.
Agus an ceart choíche, chan ag smaoineamh ar an
Eaglais a bhí sé mar a bhí a athair sa bhaile—áit bhreá
shócúlach ag ciotachán nach dtiocfadh leis a dhath eile
a dhéanamh. Ba mhinic a smaoinigh Tarlach gur
bheannaithe agus gurbh uasal an rud do dhuine a
bheatha a chaitheamh i seirbhís Dé ina shagart. Ach an
dtiocfadh leis a dhéanamh? Corruair shamhailtí dó go
gcuala sé mar a bheadh scairt ann i bhfad uaidh—
mar a bheadh glór le cluinstin aige, chóir a bheith
chomh soiléir agus a chuala na hAspail féin é, ag iarr-
aidh air cúl a chinn a thabhairt ar an tsaol agus
aghaidh a thabhairt ar an tsíoraíocht. An dtiocfadh
leis sin a dhéanamh? Ba é an bharúil a bhí aige go
dtiocfadh. Ní bheadh moill air. Ní raibh aislingí meall-
acacha ar bith á chlaonadh ar shiúl ón altóir. Ní raibh
an oiread sin áilleachta sa tsaol seo agus a bhí daoine
a rá. Níor thuig sé cad chuige ar chan filí an domhain
a oiread agus a chan siad fá áille an tsaoil. Ní raibh
aislingí ar bith aigesean, anois le fada. Ó d'fhág sé ina
dhiaidh aois an ghasúra, agus na bádaí beaga agus an
chuid eile de na failleagáin, ní fhaca sé a dhath sa
tsaol a mb'fhiú fanacht ina bhun. Saol fuar diolba
dorcha a bhí ann. Saol nach mbeadh moill air cúl a
chinn a thiontó leis.

Sa deireadh chuaigh sé go Maigh Nuad. Chaith sé
seal bliana ansin agus tháinig sé chun an bhaile ar ais
i dtrátha na Féile Eoin. Chaith sé bunús an tsamhraidh
ag gabháil thart leis féin fán chladach. D'imigh sé i
lár an fhómhair agus d'fhan ar shiúl bliain eile.

Ar a theacht ar ais dó an dara bliain, bhí cuid de na

seanmhná á rá go raibh siad ag aithne cuma sagairt ag teacht air. Bhíothas ag caint air oíche amháin a bhí scaifte ag airneál tigh Chonaill an Pholláin.

'Ar m'anam go bhfuil leiceann sagairt ag teacht air,' arsa Róise Dhiarmada.

'Is dubh sin ar d'anam,' arsa Seáinín Shéarlais.

'Níl a fhios agam an bhfuil aon dada beag eolais aige?' arsa Méabha Bhán.

'M'anam, má tá, gurb olc é féin fá dtaobh de,' arsa Liam Beag. 'Chuir mise ceist air anseo tá cupla lá ó shin—fear rua Thóin an Bhaile a thug domh féin í—agus, ar mo choinsias, má rinne sé ach draothadh gáire fúm. M'anam nach dearn sé Liam orlach níos críonna.'

'Nár dheas é a bheith ina shagart i Mín an Úcaire?' arsa Méabha Bhán. 'Bheimis breá dána le oifig a iarraidh air. I dtaca leis an fhear atá againn, bheadh sé chomh maith againn ministir Ard an Ghliogair a bheith againn leis, de thairbhe leigheas a dhéanamh do dhuine. Chuaigh mé chuige anseo anuraidh, nuair a bhí an bhruitíneach ar na páistí, agus d'iarr mé oifig air. An é do bharúil nár iarr sé orm deochanna teo a thabhairt dóibh—sú cál faiche agus rud—agus teas éadaigh a choinneáil orthu go dtigeadh sí amach orthu!'

'Beannacht Dé le d'anam, a Shagairt Óig Uí Dhónaill,' arsa fear an tí, 'mura leat a thiocfadh na míorúiltí a dhéanamh an lá a mhair tú!'

''Sheáinín,' arsa Méabha Bhán le Seáinín Shéarlais, 'nuair a bheas Tarlach Éamoinn ina shagart, ba cheart duit a iarraidh air a lámh a chumailt don chnapán sin ar do phluic.'

'Ó, go dté ordóg an bháis ar mo shúile,' arsa Seáinín, 'is ní ligfidh mé d'aon fhear de Chlainn Mhic Ruairí lámh a thógáil os mo chionn, nó níl dóchas ar bith agam astu.'

'Maise, go díreach, ó thrácht tú ar an chine,' arsa Siúgaí Ní Bhraonáin, 'tá sé canta go bhfuil an mhallacht sin ag siúl leo, agus nach dual d'aon fhear acu choíche a bheith ina shagart.'

'Ní fíor sin,' arsa Conall Phádraig Chondaí, 'nó chonaic mise sagart den chine i Meiriceá.'

'Níl a fhios agamsa, ach gur siúd an rud a chuala mé,' arsa Siúgaí.

3

Maidin dheas shamhraidh a bhí ann. Bhí Tarlach Éamoinn ag gabháil síos an dumhaigh, gunna ina láimh leis agus madadh lena chois. Bhí an sruth trá ag cartadh thart le gob na Reannacha, agus giotaí de chláraí agus dartáin mhóna ar an tsnámh, a tháinig anuas ó Bharr an Mhurlaigh. Bhí bád beag ag teacht anall ó Oileán an Fhíodóra agus gan inti ach duine amháin, agus an duine sin ag iomramh le dhá rámha. Cér bith a bhí ann, bhí cuma air go raibh a chroí aige, nó bhí sé ag gabháil cheoil. Nuair a tháinig an bád ní ba deise do Tharlach d'aithin sé gur bean a bhí inti, agus chuala sé an ceol ní ba soiléire. Agus a leithéid de cheol! Port éadrom aigeantach nár chuimhin leis a mhacasamhail a chluinstin riamh roimhe ag teacht as béal duine. Thug sé ina cheann an fhuiseog a bhíodh ag seinm in airde sa spéir ghoirm le héirí na gréine maidin shamhraidh.

Bhí sí ag tarraingt caol díreach air, mar bheadh sí de gheall ar a theacht i dtír i mbéal na trá. Bhí an sruth léi, agus ní raibh sí ag tarraingt ach corrbhuille le siúl a choinneáil ar an bhád.

D'iomair sí isteach ar an tanálacht nó gur shuigh an bád ar an ghaineamh, tuairim is ar fhichid slat ó bhéal na trá. Ansin lig mo chailín cóir a cuid rámhaí le ceathrú agus d'éirigh ina seasamh ag brath a ghabháil i bhfarraige agus siúl isteach ar an tráigh thirim. Nuair a thug sí a haghaidh ar an chladach chonaic sí an fear ina sheasamh os a cionn. Baineadh stad aisti, mar ba náir léi meallta a cos a nochtadh os a choinne.

'Fan mar atá tú,' arsa Tarlach, ag gabháil síos na

fargáin, 'agus tarrónaidh mise isteach thú. Caith an
cábla tosaigh ionsorm agus luigh amach ar a ceathrú
dheiridh.'

Chaith. Tharraing Tarlach isteach an bád go raibh a
soc ar an tráigh. Aniar go toiseach leis an chailín agus
tháinig de léim amach, chomh héasca le a bhfaca tú
riamh. Bhí sí costarnocht. Thug Tarlach fá dear an
cheannchosach bheag dheas choimir a bhí uirthi.

'An tú Tarlach?' ar sise. 'Tá tú ag gabháil as aithne
na ndaoine.'

Ba í Síle an Fhíodóra a bhí ann, cailín a bhí ina
cónaí thall ar Oileán an Fhíodóra agus gan aici ach í
féin agus a hathair.

'Is mé,' ar seisean. 'Nach breá luath atá tú ar do
chois?'

'Tá agam le a ghabháil go Loch Caol ar féarach leis
an eallach inniu,' ar sise, 'agus tháinig mé fá choinne
dornán earraidh a d'fhágfainn istigh ag m'athair sula
n-imínn.'

'An dtéid tú suas leis an eallach 'ach aon samhradh?'

'Téim.'

'Nach gcaithfidh sé a bheith uaigneach agaibh ansin?'

'Cá háit? Loch Caol? Is é nach mbíonn uaigneach.
Bíonn an dúscaifte againn thuas ar buailteachas.
Muintir íochtar tíre uilig. Is againn a bhíos an chuid-
eachta. Is é rud a bhíos cumha orainn ag teacht chun
an bhaile dúinn i dtús an fhómhair. A dhuine, dá
bhfeictheá an rud a bhíos sa Ghleann Mhór corr-
thráthnóna nuair a bhíos an t-eallach blite againn agus
thig an Píobaire Rua agus thoisíos an damhsa!'

D'imigh sí suas an cladach, ag tarraingt ar an tsiopa,
agus í chomh héadrom agus chomh haerach le geal-
bhan. Chuir sí iontas ar Tharlach. Ní raibh a fhios
aige riamh go dtí seo go raibh duine ar bith ar an
tsaol seo a bí i mbun a mhéide agus a bhí chomh
croíúil aigeantach sin san am chéanna.

Nuair a tháinig sí ar ais chuidigh Tarlach léi a cuid
earraidh a chur ar bord, agus sheasaigh sé tamall ag

caint léi. Ba deas a bheith ag caint léi, a bheith ag
amharc uirthi agus ag éisteacht léi. Thug sí i gceann
Tharlaigh an saol a bhí ann nuair a bhí sé ina ghasúr
bheag, nuair ba ghnách leis a bheith ag cur blaoscacha
ruacán ar snámh ar an lán mhara. Agus rud ar bith a
bhéarfadh an saol sin ina cheann bhí sé maith aige . . .
Chuaigh Síle isteach sa bhád, shuigh ar na rámhaí agus
d'imigh. Sheasaigh Tarlach ar an chladach ag amharc
ar an árthach ag éaló trasna na báighe.

Ba deas an mhaidin a bhí ann.

Cupla lá ina dhiaidh seo thug Tarlach leis curach
agus siúd anonn é go hOileán an Fhíodóra dh' iascair-
eacht. Glasáin a bhí sé a sheilg. Agus is cosúil go dearn
sé dearmad go raibh sé buille luath go fóill fána
gcoinne. Nuair a bhí sé tamall gan oiread is bruideadh
a fháil, d'éirigh sé tuirseach. Chorn sé a ruaim agus
siúd suas an t-oileán é. Oileán beag fann uaigneach a
bhí ann, agus gan air ach cónaí amháin—teach an
Fhíodóra Ruaidh. Shiúil Tarlach thart an t-oileán.
Tháinig claochló ar an spéir, agus sa deireadh thoisigh
an fhearthainn. Chuaigh Tarlach fá theach go ligeadh
sé an cith thart. Bhí cuma uaigneach ar theach an
Fhíodóra. Cisteanach bheag leathdhorcha agus sean-
duine lom liath ina shuí ar an tseol i gceann an tí.
Bheannaigh sé do Tharlach fríd a fhiacla agus chrom
sé ar a chuid oibre arís. Seanduine tostach a bhí ann.
Seanduine a raibh dreach searbh air. Is fíor go scior-
dann éan as gach ealt. Ní raibh mórán cosúlachta
eadar an seanduine seo agus a iníon, dar le Tarlach.

Nuair a rinne sé cineál turaidh d'imigh Tarlach. Bhí
néalta troma dubha ag cruinniú os cionn na gnoc. Bhí
deora fearthanna ag titim san fharraige chiúin agus ag
déanamh fáinní beaga i gcraiceann an láin mhara.
Tháinig dreach dorcha uaigneach ar bheanna an chlad-
aigh. Bhí gach aon rud faoi smúid. Ach nár chuma?
Ní raibh aige le caitheamh ann ach seal an tsamhraidh.
Agus níorbh fhearr leis ar bith é.

Cupla lá ina dhiaidh seo bhí maidin bhreá ann.

Tharraing Tarlach air slat agus ruaim breac agus thois-igh sé a chur bala orthu.

'Shílfeá go bhfuil tú ag brath féacháil a chur ar na bric,' arsa a mháthair.

'Is doiligh a rá nó dhéanfaidh mé lámh níos fearr díobh ná a rinne mé de na glasáin,' arsa Tarlach.

'Is tú an chéad fhear riamh a chonaic mé ag tóraíocht glasán an lá seo den bhliain,' arsa an t-athair.

'Orú, goidé an chiall atá aige dóibh?' arsa an mháthair.

'Tá mé ag gabháil amach go Loch Caol,' arsa Tarlach, 'go ndéana mé lá iomlán ar na bric.'

'Tógfaidh sé cian díot, mura mbeadh ann ach é,' arsa an mháthair. 'Beidh ceapaire aráin choirce agus buidéal bainne réidh agamsa fá do choinne, a bheas leat mar lón.'

Níorbh fhada go raibh Tarlach réidh. Rug sé ar a shlait agus ar an bhascaeid agus d'imigh sé amach an sliabh ag tarraingt go Loch Caol. B'ann a bhí an mhaidin aoibhinn. Ar ndóigh, b'fhíor dá mháthair go dtógfadh sé cian de. Bhí sé ag titim i ndroimdubhach fán bhaile, gan le cluinstin aige ach a athair ag caint ar earradh nó ar airgead, nó Donnchadh ag rámhailligh fán tsaol réiciúil a bhí aige féin. . . . Loch Caol! Thuas ansin a bhí Síle an Fhíodóra ag baint fúithi. An gcasfaí air í? Ach, ar ndóigh, ní raibh lá dochair ansin. Dá mbeadh sé ina shagart dhéanta chasfaí mná air. Tharla ann agus níor tharla as iad, mar mhná, cibé acu le leas nó le haimhleas!

Tráthnóna bhí sé ag teacht aníos taobh an chnoic ó chladach an locha agus cupla doisín breac i mbascaeid leis, nuair a chuala sé an phortaíocht. Tógaidh sé a cheann agus tí sé Síle chuige agus gogán léi, ag gabháil a bhleaghan na mbó.

'Seo an áit a bhfuil tusa?' ar sise leis.

'Sea,' ar seisean. 'Mé i ndiaidh a bheith ag iascaireacht ó mhaidin. Tógaidh sé cian de dhuine corr-thamall iascaireachta a dhéanamh. Nuair a bhíos aiste mheasartha ar na bric cha chreidfeá ach an pléisiúr a bhíos iontu ... Ag gabháil a chur an eallaigh chun an bhaile?'

'Ní hea,' ar sise. 'Bíonn siad amuigh go maidin againn na hoícheanna maithe seo. Ag gabháil á mbleaghan atá mé. Seo anuas an mhaol bhreac. Is í is críonna a chonaic tú riamh. Tá a fhios aici gur ag teacht á bleaghan atá mé. Bain tlámán feannáin domh mar a bheadh gasúr maith ann. Ní thugann an gadaí riabhach eile aon deor gheal uaithi gan cineál. Teith, teith, a mhaol bhreac,' ar sise, ag suí síos á bleaghan. 'Deasaigh ansin. ... Coinnigh do ruball agat féin nó ceangólaidh mé é.'

Chrom Tarlach a bhaint an fheannáin. Dá bhfeiceadh a mháthair anois é, is í nach mbeadh sásta. Ábhar sagairt agus mac toicí mar a bheadh gasúr buachailleachta ann ag cailín nach raibh aon bhróg ar a cois. Ach goidé an neart a bhí aige air? Ní thiocfadh leis a diúltú agus an dóigh ar iarr sí air é. Ar scor ar bith, ba chuma—bhí sé cúig mhíle óna mháthair.

D'fhág Síle an gogán síos ar an talamh agus thoisigh sí a bhleaghan na bó lena dhá láimh, agus a phortaíocht san am chéanna. Thug Tarlach cluas don cheol. Thug an bhó féin cluas dó, nó sheasaigh sí go socair agus stad an longadán aici.

Bhí grian an tráthnóna ag luí siar in aice na mara agus loinnir de sholas órga á chaitheamh aici ar bharra na gcnoc. Shín Tarlach é féin ar a shleasluí sa fhraoch, agus d'amharc sé uaidh. Ar an taobh thoir de bhí Cnoc an Toir, agus an Sceardán mar a bheadh ribín geal bán ann ag sileadh anuas chun an locha. Bhí cuid tithe beaga aolnite Mhín Uí Bhaoill agus toit ag éirí díreach in airde astu, bhí sin ina gclibín amuigh thíos in íochtar an ghleanna.

'Ní raibh mé riamh roimhe an bealach seo,' ar seisean, 'nuair a bhíos muintir íochtar tíre abhus ar féarach. Goidé an cineál saoil a bhíos agaibh?

'Mh'anam go mbíonn saol greannmhar,' arsa Síle.

'Bhíomar ag damhsa ar Ard na Cruaiche aréir go raibh spéartha an lae ann. A leithéid de chuideachta is a bhí againn! Ní thiocfadh leat a shamhail a thabhairt dúinn ag damhsa le solas na gealaí ach na síogaíonna a mbíodh trácht orthu i gcuid scéalta Chathail Bháin nuair a mhair sé. Ba cheart duit a theacht aníos tráthnóna Dé hAoine seo chugainn. Tá an Píobaire Rua le a theacht ar ais.'

'Goidé a bheadh mo mhacasamhailse a dhéanamh ag teacht chuig damhsa?' ar seisean, go cineál truacánta.

'Is fíor duit sin, ar ndóigh,' ar sise. 'Rinne mé dearmad gur ábhar sagairt atá ionat. ... Deasaigh, deirim leat.'

'Ach ábhar sagairt féin bíonn cluas aige do cheol, agus b'iontach mura mbeadh.'

'Nár dhúirt mé leat go gceangólainn do ruball mura gcoinnitheá go socair é. Na míoltóga an diabhail sin atá ag cur tochais inti.'

'Tá ceol deas agat, a Shíle.'

'Leoga, is furast mo mholadh.'

'Tá, bhail, gan bhréig gan mhagadh, ceol álainn agat. Nár fhéad tú an t-amhrán sin a rá a dúirt tú an mhaidin eile ag teacht trasna sa bhád duit? Ba mhaith liom a chluinstin arís. ... Féacháil an rachadh agam an fonn a thógáil.'

'Cén ceann? *Nuala na gCuachann Péarlach*?'

Thoisigh sí. Amhrán croíúil aigeantach a bhí ann—ceann a rinne duine éigin nuair a bhí an saol mar d'iarrfadh a bhéal a bheith. Ní raibh ann ach gur chríochnaigh sí é nuair a thoisigh sí ar cheann eile—ceann a raibh cumha ann chomh domhain leis an fharraige mhóir. B'iontach an rud go dtiocfadh le duine amháin an dá chineál ceoil a ghabháil. Amhrán a bhí sa dara ceann a rinne file éigin, gan ainm gan iomrá, nuair a bhí a chroí ina chliabh ina ghual dhóite, nuair a fuair sé é féin scartha go héag óna rúnsearc agus gan fágtha aige ach cuimhne ar an chaint a dúirt sí leis

sular chuir sí séideog ar bhladhaire an ghrá agus sular
chuir sí mo dhuine bocht ar an drabhlás fríd
dhorchadas an tsaoil:

A Mháire an chúil daite 's an bhéilín bhinn,
Go dté mé 'dtalamh go mbeidh cuimhne agam ar do
    chomhrá liom.

Thost sí nuair a bhí an t-amhrán ráite aici. Níor
labhair Tarlach ach oiread. Bhí sé ag amharc ar an
bhoin a bhí ag innilt ag a thaobh, agus ar an dóigh a
síneadh sí amach a teanga leis an fhéar a chasadh
isteach ina béal.

Ba í Síle an chéad duine a labhair.

'Is mithid domh a bheith ag baint an tí amach,' ar
sise, ag breith ar ghogán an bhainne.

'Is maith mar atá an té a bhfuil conablach chúig
míle le siúl aige,' arsa Tarlach. 'Ach ní iarrfadh duine
a ghabháil fá chónaí go maidin oíche den chineál seo.'

D'imigh Síle trasna taobh an chnoic. Thóg Tarlach a
shlat iascaireachta agus thug sé aghaidh ar an bhaile.
Chuaigh an ghrian a luí. Tháinig cnap de cheo bhán
samhraidh aniar an gleann agus luigh sé mar a bheadh
fallaing ann ar ghuailleacha an Ghrugáin. Shiúil Tar-
lach leis anuas fríd an fhraoch agus fríd an chanach.
Thoisigh na réaltaí a bhreacadh na spéire. D'éirigh
gealach iomlán, a raibh dath uirthi mar bheadh
pingin úr ann, d'éirigh sin aníos go státúil as cúl an
Eargail, agus dar leat gur chaith sí seal tamaill ina suí
ar fhíorbharr an chnoic. Bhí scáile na gréine san fharr-
aige amuigh ag bun na spéire, mar a bhíos oícheanna
deasa samhraidh.

Bhí an saol fá chónaí nuair a bhain Tarlach an baile
amach. Ní raibh deifre ar bith chun an tí air i ndiaidh
a theacht an fad sin. Sheasaigh sé ar an ard ag amharc
síos ar mhéilte geala na Trá Báine. Bhí ciúnas iontach
ar muir agus ar tír. Bhí ballaí an tí geal bán agus na
fuinneoga dubh mar a bheadh súile an daill ann.

Fá dheireadh chuaigh Tarlach fá theach agus chuaigh a luí. Bhí sé ag amharc ar an ghealaigh fríd an fhuinneoig agus ar na deora miona driúchta a bhí ag sileadh anuas ar an ghloine.

Cupla lá ina dhiaidh seo dúirt sé go raibh sé ag gabháil a dh'iascaireacht arís.

'Maise,' arsa an t-athair, 'ní mó ná gur fiú do shaothar é, ar feadh a mbeidh de abhras leat teacht na hoíche ... Do do mhaslú féin ó seo go Loch Caol mar mhaithe le cupla doisín breac.'

'Chan ar mhaithe leis na bric go hiomlán,' arsa Tarlach. 'Ach is breá an caitheamh aimsire é.'

D'imigh sé. Bhí lúcháir air ag gabháil suas an sliabh dó—lúcháir mar a bhíos ar dheoraí nuair a bheir sé aghaidh ar an bhaile agus cúl a chinn leis an choigrích. Thuas ansin i gcúl an Ghrugáin bhí saol aoibhinn. Abhus a chois cladaigh bhí saol uaigneach. Ag gabháil trasna ag Léim an tSionnaigh dó, bhuail smaoineamh gasta isteach ina cheann é. Sheasaigh sé bomaite beag. Chonacthas dó gur chuir rud éigin ceist air cá raibh a thriall. 'Ag gabháil a dh'iascaireacht,' ar seisean, agus bhog leis.

Casadh Síle arís air. Bhí a gruaig ní ba trilsí agus ní ba loinnirí ná a bhí sí riamh roimhe sin. A béal ní ba deirge. A déad ní ba ghile. A súile ní ba ghoirme. A gruaidh ní ba solasta. A gáire ní ba tarrantaí. A glór ní ba chealgaí. D'amharc sé uirthi ar feadh tamaill bhig agus í ina luí ar a sleasluí sa fhraoch. Chonaic sé a brollach ag éirí agus ag titim, mar a bheadh tonn ann, le tarraingt a hanála.

Ní raibh Tarlach ag labhairt. An méid a bhí le rá fán aimsir bhí sé ráite fiche uair.

Sa deireadh, ar seisean, 'Nach coimir an ceann láimhe atá ort? Fan go bhfeice mé an bhfuil saol fada i ndán duit ... Tá, leoga, saol mór fada. ... Sin ansin an stríoc. Tá croí fial agat ... croí fial fairsing. Fan go bhfeice mé. Mh'anam gur fíor é.

'Goidé rud atá fíor?'

'Tá, go bpósfar thú.'

'Shíl mé nach gcreidfeadh do mhacasamhailse sa chineál sin pisreog.'

'Ní pisreoga ar bith é,' ar seisean, agus thoisigh sé a chomhrá léi agus greim láimhe aige uirthi. Ach ba ghairid go raibh deireadh ráite agus fágadh ina thost arís é. D'amharc sé anonn ar a béal coimir. Ba léir dó an séanas a bhí ina cláirfhiacla. Dhruid sé léi agus phóg sé í ... Arís agus arís eile.

'Tá an iascaireacht ag gabháil go maith duit,' a deireadh a mháthair leis. 'Ní fhaca mise i do Tharlach riamh thú mar atá tú ó thoisigh tú a ghabháil go Loch Caol.'

Thoisigh Tarlach a mheabhrú ina chroí. Bhí sé cinnte dearfa anois go mb'fhearr leis gan a bheith ina shagart. Gur dheise go mór an saol a bhí ag tuata. Ach, ar ndóigh, sin mar ba mhó a bhí luaíocht fána choinne. Má b'uasal an rud a bheatha a chaitheamh i seirbhís Dé mar shagart, b'uaisle míle uair é nuair a bhí saol cealgach á mhealladh chuige féin. Nárbh é sin an chiall a bhí leis an tSoiscéal a bhí sé ag gabháil a theagasc don phobal. An Soiscéal sin a mhair dhá mhíle bliain. An glór sin a chluintear ó am go ham os cionn an chuid eile de scolgarnach amaideach an tsaoil. Iompair do chroich agus lean mé!

Ach bhí taobh eile ar an scéal. B'fhéidir gur aingeal coimhdeach na láimhe deise agus nach ainspiorad na láimhe clí a bhí á tharraingt ar shiúl ón Eaglais. B'fhéidir nach raibh sé i ndán dó a bheith ina shagart. B'fhéidir gurbh fhíor an tairngreacht sin fán chine. Agus i ndiaidh an iomláin ní de thoil shaor a chuaigh sé go Maigh Nuad ar tús. San am a deachaigh sé shíl sé an saol a bheith fuar searbh nimhneach. Ba é rud a bhí sé ag teitheadh roimhe. Díobháil eolais a bhí air. Fuair sé amach ó shin gurbh é an saol breá aoibhinn é agus, mar a dúirt an duine aosta, gurbh fhiú don óige a bheith beo. Ach, a Dhia dhíleas, nár mhairg nach

raibh a fhios sin aige cupla bliain ní ba luaithe! Mhuir-
feadh a mhuintir é. Ní bheadh tógáil a gcinn acu
choíche.

Bhí an lá ag tarraingt air ar cheart dó imeacht ar ais
go Maigh Nuad. Fiche uair tháinig sé chun an bhéil
chuige a rún a ligean lena mháthair, ach ní thiocfadh
leis. Sa deireadh chuaigh aige a intinn a nochtach.

Ní raibh ann ach nár thit a mháthair bhocht as a
seasamh nuair a chuala sí an scéal.

'Chluin Dia féin seo,' ar sise, nuair a fuair sí an
anáil léi. 'Nach bhfuil a fhios agat nach dtig leat náire
shaolta a thabhairt dúinn? Ag brath gan tógáil ár
gcinn a bheith go deo againn?'

'Níl neart agam air, a mháthair.'

'Ní bheidh mé beo mí ó inniu, agus fágaim mo bhás
ort, a mhic.'

'Ní thig liom, a mháthair, ní thig liom.'

Thoisigh sí a bhlandar leis.

'Níl anseo ach tallann,' ar sise. 'Cluinimse go dtig
sin uilig orthu. Ach ní mhaireann sé ach cupla lá. Ní
bheidh tú seachtain sa choláiste go mbí d'intinn chomh
socair is a bhí sí riamh.'

Níor chodail an mháthair aon néal an oíche sin.
Nár thrua í, agus nár róthrua? Agus an t-ábhar gáire
a bheadh ag na comharsana orthu! Agus an dóigh a
mbeadh na seanmhná ag cúlchaint orthu! Nárbh é seo
an ola ar a gcroí? Ó, a Dhia! An dóigh a mbeadh sean-
Siúgaí liath na máirtín ag crothadh a cinn agus ag rá
go raibh a fhios aicise nach mbeadh aon fhear den
chine choíche ina shagart. An dóigh a mbeadh Nóra
Anna Óige agus Peigí Tharlaigh Dhuibh agus an chuid
eile de na mná a bhíodh thíos in áit na leathphingine
i dteach an phobail, an dóigh a mbeadh siad ag bruid-
eadh a chéile go droch-chroíoch agus ag gáirí go tarcais-
neach nuair a bheadh sí ag gabháil suas fríd an phasáid
Dé Domhnaigh!

Ar maidin an lá arna mhárach d'éirigh sí agus níor
stad sí go raibh sí ag sagart na paróiste. 'A Shagairt

Mhóir, a Shagairt Mhóir,' ar sise, 'tráthnóna aréir a fuair mise an deoch a bhí searbh,' ag toiseacht agus ag inse an scéil dó. 'A Shagairt Mhóir, agraim sibh a ghabháil agus comhairle a chur air.'

'Is mó atá comhairle a dhíth ort féin,' arsa an sagart. 'Gabh chun an bhaile agus bíodh ciall agat. Nach bhfuil a fhios agat nach mbíonn duine ar bith ina shagart ach an té ar ordaigh Dia dó é?'

D'imigh sí agus a croí á réabadh. Nárbh é Dia a bhí crua-chroíoch, dar léi. Ní fheicfeadh sí a mac choíche ag léamh a chéad Aifrinn ar altóir Mhín an Úcaire agus an pobal ag gabháil ar a nglúine lena bheannacht a fháil, mar a chuaigh siad nuair a tháinig mac Chonaill Bháin amach ina shagart. Ach goidé mar thiocfadh léi an scéal náireach a cheilt tamall eile? Chuaigh sí isteach tigh an dochtúra.

'Tarlach,' ar sise, 'a bhfuil casachtach ag leanstan dó. Gabh síos go bhfeice tú é. Caithfidh an duine bocht imeacht gan mhoill.'

Nuair a tháinig sí chun an bhaile d'inis sí an scéal do Tharlach. 'Abair leis go bhfuil casachtach ort agus go bhfuil do ghoile caillte agat.'

D'amharc Tarlach go míshásta uirthi, mar bheadh sé ag brath a rá léi nach raibh sa chineál sin oibre ach amaidí. Ach ina dhiaidh sin, dar leis go dtug sé crá croí mór go leor di agus go raibh sé amuigh aici an t-ualach a dhéanamh éadrom di.

'An aon duine atá tinn agaibh?' arsa bean na comharsan, a chonaic an doctúir ag teacht is ag imeacht.

'Tarlach bocht,' arsa bean Éamoinn Sheáin Óig.

'Mo thruaighe! An a dhath tobann a tháinig air?'

'Tá casachtach air le fada, agus ar siocair go raibh sé ag brath imeacht Dé Luain d'iarr an t-athair an dochtúir a thabhairt chuige. Goidé deir an doctúir ach go bhfuil sé mhí de scíste a dhíth air. Táimid maith go leor nach dtug mo leanbh a bhás féin. D'imeodh sé Dé Luain gan dada a ligean air. Bíonn a gcroí briste os cionn leabhar, na créatúir. Ní bhíonn ciall ag ár macasamhail-inne dó.'

'Nach tútach mar d'éirigh do ábhar an tsagairt? arsa Nualaitín le Liam Beag, cupla seachtain ina dhiaidh sin.

'Róchúramach atá sé acu,' arsa Liam. 'Á choinneáil sa bhaile ar mhaithe le gloim chasachtaí! Tá casachtach ormsa ó rinne slat cóta domh agus b'éigean domh mo chuid a shaothrú as allas mo mhalacha, agus gan duine le truaighe a dhéanamh díom.'

'Maise, mura leamh atá do cheann ort, a Liam, arsa Nualaitín. 'An é nach gcuala tú an scéal?'

'Goidé an scéal, a Nuala?' arsa Liam.

'Tá, a rún,' arsa Nualaitín, 'scéal a chluinfeas tír is cheilfeas muintir . . . Tá breoite! Mo chreach gan mise nó tusa chomh folláin leis. Is é atá ina shláinte, agus croíúil aigeantach fosta. Dá bhfeictheá i gceann céasla é ní abrófá go raibh sé breoite. Chuaigh sé trasna chun an Oileáin Ghlais tráthnóna an lá fá dheireadh in éadan géarbhaigh a bhéarfadh lán a chraicinn do Eoghainin Shéarlais nuair a mhair sé.'

'Goidé a bhíos sé a dhéanamh thall ar an Oileán Ghlas?' arsa Liam.

'Tá, maise,' arsa Nualaitín, 'an rud a bhí fiche fear chomh maith leis a dhéanamh—i ndiaidh ban. Tá sé sa chéill is aigeantaí ag Síle an Fhíodóra.'

'Tím, leabhra,' arsa Liam Beag. 'Ach, ar ndóigh, tá sé canta riamh anall nach mbeadh aon fhear den chineadh ina shagart. M'anam gur deacair a ghabháil taobh na gaoithe ar an tairngreacht. Is deacair, mo choinsias!'

4

Chuaigh bliain thart agus stadadh den chaint ar Tharlach. Ní raibh ann ach go dtugtaí 'an Sagart' mar leasainm air, agus bhí cuma air go leanfadh an t-ainm céanna dó lena sholas. Bhí sé féin agus Síle chomh doirte dá chéile agus nach raibh léamh nó scríobh nó inse béil air. Bhí an cineál sin grá acu ar a chéile a chuireas duine a shiúl leis féin in uaigneas sléibhe.

Ba mhaith leo pósadh. Agus ní bheadh moill orthu sin a dhéanamh dá mbíodh slat na draíochta acu a bhí ag na lánúineacha a raibh trácht orthu i gcuid úrscéalta mo mháthara móire. Nuair a thiocfadh ocras orthusan ní bheadh le déanamh acu ach adharc a tharraingt as an tarbhán bheag agus bheadh bord bídh agus dí acu. Thiocfadh leo fáir a dhéanamh i gcanach an tsléibhe san oíche agus titim ina gcodladh inti agus mhusclódh siad ar maidin i gcaisleán shaibhir. Is furast do na síogaíonna cleamhnas a dhéanamh: ní thig gnoithe cruidh isteach sa scéal ar chor ar bith. Ach abhus anseo, sa ghleann ghortach seo, nuair a théid an chúis go cnámh na huillinne, caithfear smaoineamh ar an airgead. 'Pleoid ar an airgead, is é an fear cleasach é.' Is iomaí cumann riamh a chuir sé síos is suas.

Ní raibh áit suí ar bith ag Tarlach, agus ní raibh gar dó a bheith ag dúil le cuidiú óna athair. Barraíocht a bhí caite ag an athair leis, ar feadh ar ghnóthaigh sé air. Ní raibh an dara suí sa bhuaile ag Tarlach ach imeacht go Meiriceá agus dornán airgid a shaothrú. Ansin a theacht chun an bhaile agus Síle a phósadh.

An tráthnóna sular imigh sé, chaith sé féin agus Síle tamall mór fada ina suí ar ardán os cionn na farraige. Bhí cineál de chuma ghruama ar an tráthnóna, mar a bheadh báisteach air. Thug Síle iarraidh an gol a choinneáil ar gcúl fad agus thiocfadh léi, ach bhris na deora uirthi sa deireadh.

'Seo anois, ná caoin, a chéadsearc,' ar seisean. 'Is gairid uilig a bheas cúig bliana ag gabháil thart.'

'B'fhearr liom a bheith leat fann folamh mar atáimid,' ar sise, agus gach aon smeach aici, 'agus a chead againn a ghabháil i gceann an tsaoil i gcuideachta a chéile ... Is iomaí áthrach a thig ar feadh chúig mblian ... B'fhéidir gur ...'

'Abair é,' ar seisean. 'Gur dearmad a dhéanfainn díot.'

Theann sé lena chroí í agus phóg sé a béal. Chuir sé a gruaig siar as a súile agus thriomaigh sé na deora dá haghaidh.

'Mise dearmad a dhéanamh díotsa, a Shíle,' ar seisean, 'i ndiaidh mé cúl mo chinn a thiontó ar an Eaglais mar mhaithe leat! I ndiaidh mé náire a thabhairt do mo mhuintir agus croí mo mháthara a bhriseadh, agus an t-iomlán de sin a dhéanamh ar do shonsa! A rá 's de anois go síleann tú go ndéanfaidh mé dearmad díot le linn imeacht as d'amharc tamall beag! Mar a dúirt tú féin go minic san amhrán, go dté mé i dtalamh go mbeidh cuimhne agam ar do chomhrá liom. Fad agus bheas uisce aníos agus síos Gaoth Dobhair ní dhéanfaidh mise dearmad díotsa. Sin anois gealltanas agat. Am ar bith a dtiocfaidh cumha ort amharc amach ar bharra Ghaoth Dobhair agus cuimhneoidh tú ar mo ghealltanas. Dá mbínn ar shiúl céad bliain, dá mbíodh mná na cruinne le fáil agam, thiocfainn ar ais chugatsa. Níl ar an domhan ach aon bhean amháin, agus sin thusa, a Shíle. Aon bhean amháin. Aon bhean amháin!'

Ní thiocfadh leis ní ba mhó a rá—lena theanga. D'fháisc sé lena bhrollach arís í, agus d'imigh sé.

Bhí sé ag gabháil ó sholas nuair a bhain Síle an baile amach. Níor chuimhneach léi go bhfaca sí riamh roimhe an dreach uaigneach a bhí ar an fharraige agus ar charraigeacha an chladaigh.

5

Bhí Saildí Mhór ina conaí i Philadelphia. B'as na Rosa Saildí, agus théadh cuid mhór de mhuintir na háite s' againne a bhí sa chathair ar cuairt chuici ó am go ham. Bhí a teach mar theach aitheantais acu, go háirid i ndiaidh a ghabháil anonn. Ba ag Saildí a bhí Tarlach ar ceathrúin. Bhí sé ansin le leathbhliain agus é ag obair leis, agus ag sábháil a shaothraithe go críonna tábhachtach, agus ag cuntas an ama go mbíodh sé ag gabháil chun an bhaile.

B'uaigneach an saol a bhí aige sa chathair choimhthígh seo. Is minic a thug bean an tí comhairle dó— comhairle a leasa, dar léi féin.

'Ní fhaca mé do thrí leithéid riamh,' ar sise leis lá amháin. 'Ag gabháil thart ansin i do bhéal gan smid, mar a bheadh fear ann nach mbainfeadh is nach gcaillfeadh, nuair ba cheart duit a ghabháil amach fríd dhaoine agus gan a bheith ag titim i ndroimdubhach mar atá tú. Ach fan go bhfeice tú an scaifte de chailíní deasa a bheas agamsa fá do choinne Oíche Fhéil' Pádraig. Cuirfidh mé do rogha geall go mbeidh tú ag briseadh na gcos ina ndiaidh.'

Saildí bhocht, nárbh amaideach an tseanbean í a shíl go mbrisfeadh seisean a chosa i ndiaidh mná ar bith agus céadsearc a chléibh thall úd ar Oileán an Fhíodóra ag fanacht leis? Ach ní raibh ciall aici, mar Shaildí. Seanbhean den tseandéanamh a bhí inti, a tháinig i méadaíocht in aimsir na gorta agus a mb'éigean di an baile a fhágáil ag teitheadh roimh an ampla agus roimh an ocras. Ní raibh a fhios aici goidé rud grá. Phós sí fear cionn is go raibh teacht isteach maith aige. Ach ní fhaca sí an ghealach, mar a chonaic seisean í, ag éirí os cionn Lios na Sí oíche fhómhair!

Oíche Fhéil' Pádraig, ar a theacht isteach do Tharlach fuair sé lán an tí istigh roimhe. Muintir na Rosann agus Ghaoth Dobhair a mbunús, agus iad ag comhrá i nGaeilge. Bhí cailín amháin ina suí sa choirnéal ab faide ar shiúl den tseomra. D'amharc Tarlach uirthi. Baineadh cliseadh as. Thug sé coiscéim anonn ina haice. Baineadh stad as.

Níorbh í a bhí ann.

'Bhail,' ar seisean le bean an tí, 'níl ach a rá nach mbíonn an chomhchosúlacht ann. Shíl mé, ag teacht

isteach domh, gurbh í sin thall cailín a raibh aithne
agam sa bhaile uirthi—iníon don Fhíodóir Rua, má bhí
aithne agat air.'

'Cén bhean atá tú a rá?'

'Í sin thall sa choirnéal.'

'Sin cailín as Condae an Chabháin. Máire Ní
Raghailligh a hainm is a sloinneadh. Chugainn go
gcuire mé in aithne dá chéile sibh.'

Ní fhaca Tarlach a dhath riamh a chuir a oiread
iontais air leis an chosúlacht a bhí eadar cailín Chon-
dae an Chabháin agus Síle an Fhíodóra. A méid agus
a cruth. A deilbh agus a dreach. A gnúis agus a gné.
Agus gan fiú glór a cinn. Chaith Tarlach seal fada ag
comhrá léi. Nár mhaith ina aice í le cian a thógáil de?
Pioctúir Shíle, agus an pioctúir ag caint is ag comhrá
leis.

Casadh an dís ar a chéile arís an tseachtain sin a
bhí chucu. Ba ghairid ina dhiaidh sin go deachaigh
Tarlach d'aon ghnoithe dh'amharc uirthi tráthnóna
amháin. Thoisigh an chumha dh'imeacht de. Ní bheadh
moill air anois an chuid eile den am a chur isteach ar
an choigrích. Fá cheann ráithe eile dar leis go raibh
saol breá aige. Bhí sé ag smaoineamh gur chóir dó
Síle a thabhairt anonn nuair a bheadh dornán airgid
cruinn aige, go mb'fhearr é go mór ná baint fúthu ar
ghiota caoráin sna Rosa.

An dara hOíche Fhéil' Pádraig bhí damhsa ag
scaifte de na hÉireannaigh. Chóirigh Tarlach é féin go
hinnealta an oíche sin. Ní raibh sé i bhfad i dteach
an damhsa go raibh sé ar an urlár. Ba í Máire Ní
Raghailligh a bhí leis. Bhí an ceol ar an cheol ab
fhíor-dheise a chuala sé méara a bhaint riamh as
téada. Ba deas an cailín Máire Ní Raghailligh, agus
b'innealta a bhí sí cóirithe fána culaith de shíoda gheal.
Agus nár ghile ná sin a muineál agus an giota beag dá
brollach a bhí ris? Bhí Tarlach ag amharc isteach san
aghaidh uirthi agus iad ag éaló thart an t-urlár. Bhí sí
lán ní ba deise ná Síle an Fhíodóra. Bhí a lámha ní

ba bhoige agus ní ba ghile. A súile ní ba loinnirí. Glór a cinn ní ba bhinne. Agus ansin an aoibh tharrantach a bhí uirthi.

An raibh sé ceart aige fáras a thabhairt do na smaointe seo ina chroí? An raibh sé mí-ionraic aige bean eile a chur i gcosúlacht agus i gcomórtas le Síle? An raibh na súile gorma seo á tharraingt ar bhealach a aimhlis? 'Á, beidh an oíche anocht agam,' ar seisean ina intinn, 'déanadh an lá amárach a rogha rud. Mar a dúirt an fear a dúirt é, cé haige a bhfuil a fhios nach dtiocfaidh deireadh an tsaoil roimh mhaidin?'

Ní tháinig deireadh an tsaoil an oíche sin. Ach tháinig spéartha fuara na maidine agus thoisigh smaointe géara goirte a theacht fríd cheann Tharlaigh. Ó, 'Dhia, nár thrua é! Nár mhairg a thug gealltanas pósta do Shíle an Fhíodóra! Ní raibh inti ach cailín beag tuatúil le taobh Mháire Ní Raghailligh. Ní raibh léann ná foghlaim ag Síle. Ní raibh ciall aici do a dhath ach bád a iomramh trasna na báighe nó eallach a chur chun an chnoic ar féarach. Goidé mar thiocfadh leis a ghabháil chun an bhaile agus toiseacht a chur giota beag talaimh sna Rosa? Agus goidé mar thiocfadh leis Síle a thabhairt anonn? Ansin smaoinigh sé ar an ghealltanas a thug sé di. Fad is bheadh an lán mara aníos is síos Gaoth Dobhair. Amanna deireadh sé leis féin go ndéanfadh sé a ghealltanas a chomhlíonadh, go bpósfadh sé Síle, agus a chead aige a cheilt uirthi choíche go raibh a chroí gonta ina lár ag mnaoi eile. Ar ndóigh, ba é seo an Soiscéal i rith an ama. Bhéarfadh Dia a luach dó dá gcuireadh sé smacht ar a mhian féin mar mhaithe le duine eile. Ach ansin thigeadh taom de phian intinne air a bhí uafásach go deo.

Sa deireadh rinne sé amach gur rud a bhí ann nach dtiocfadh leis a dhéanamh, bean a phósadh in éadan a thola. Ó sin ní ba mhó fuair sé faoiseamh. Cé go dtigeadh Síle ina cheann go minic, agus go raibh sé buartha cionn is go mb'éigean dó a tréigbheáil, is é rud a bhí sé a rá leis féin gurbh amaideach an rud dó a shamhailt go dtiocfadh leis a shaol a chaitheamh le mnaoi nach raibh a thoil léi, agus cúl a chinn a thabhairt ar an ainnir ba deise ar dhroim an domhain.

'Tá leitir ar an Bhun Bheag fá do choinne,' arsa bean na comharsan, cupla seachtain ina dhiaidh seo, le Síle.

Ar maidin an lá arna mhárach tháinig bád beag anall an gaoth agus cailín óg inti agus í ag gabháil cheoil. Bhí sí ar a bealach chun an Bhun Bhig, mar Shíle. Bhí a fhios aici gur ó Tharlach an leitir a bhí ansin fána coinne. Fuair sí an leitir agus thug a haghaidh ar an bhaile. B'fhada léi nó go mbeadh sí ar ais go dtugadh sí an leitir le léamh don ghasúr bheag ar lig sí a rún leis agus ar cheannaigh sí fideog dó as a choinneáil go dlisteanach.

Léigh an gasúr an leitir.

Síle bhocht! bheadh truaighe ag clocha an talaimh di nuair a fuair sí an scéal cráite. Chaoin sí uisce a cinn. Dá mba dual do chroí duine briseadh le buaireamh, bhrisfeadh croí Shíle an lá sin. Ach níl sé chomh furast sin croí an duine a réabadh, agus ní thugann an buaireamh ach a sheal. Míle altú do Dhia ar shon a mhórmhíorúiltí, fuair Síle biseach as a chéile. Cupla bliain ina dhiaidh seo tháinig Eoghan Cheann an Locha go hOileán an Fhíodóra dh'iarraidh mná. Bhí giota beag lách talaimh aige, mar Eoghan, agus bhí sé féin críonna bláfar. Agus ar an ábhar sin ní raibh doicheall ar bith ar an Fhíodóir Rua roimhe mar chliamhain. Ansin, bhí sé ina bhuachaill chothrom tíre, agus gan míghnaoi ar bith air, agus ní raibh a dhath ina éadan ag Síle mar chéile. Pósadh iad agus thug siad saol mór fada leo. Chuir siad san earrach agus bhain siad san fhómhar. Thóg siad a dteaghlach agus bhain siad a seal as an tsaol.

Ach is ar Tharlach a tharraing mé an scéal. Bhí sé sa chéill ab aigeantaí ag Máire Ní Raghaillígh. Ach, ar dhóigh éigin, ní raibh dul aige mórán talaimh a dhéanamh di. Shíl sé ar tús nach mbeadh moill air. Ach ba

ghairid go bhfaca sé nach raibh an scéal ar aghaidh
boise aige. Bhí Máire mar a bheadh rud éigin eile ar
a hintinn. San am ba mhó a mbeadh fonn ar Tharlach
rún a chroí a ligean léi thigeadh tallannacha tostacha
gruama uirthi, mar a bhéarfadh a chuid cainte aislingí
os a coinne a raibh sí ag iarraidh dearmad a dhéanamh
díobh. Ach, san am a bhí ann, ní raibh cumann ar bith
eadar í féin agus fear eile. D'inis Saildí Mhór an méid
sin dó, agus bhí Saildí feasach.

Sa deireadh, dar le Tarlach nach raibh rud ar bith
ab fhearr dó a dhéanamh ná ceiliúr pósta a chur uirthi.
Má iarann tú ar chailín a theacht amach leat a shiúl
faoin ghealaigh, féadann sí gáire magaidh a dhéanamh
fút agus do chur ó dhoras le leithscéal. Ach má chuir-
eann tú ceiliúr pósta uirthi, gan dhá leath a dhéanamh
den fhocal, cuirfidh tú a mheabhrú ina croí í agus
caithfidh sí freagra a thabhairt ort.

Dhiúltaigh sí é. Ansin thost sí tamall beag. B'fhéidir
gur truaighe a bhí aici dó a thug uirthi tuilleadh a rá.
B'fhéidir gur áimear a bhí ann aici labhairt arís ar rud
a bhí ar a croí le fada agus a choinnigh sí ceilte leis na
blianta, díobháil nach raibh aon duine aici lena gearán
a dhéanamh leis.

'A Tharlaigh,' ar sise, 'casadh ar a chéile sinn
rómhall sa tsaol fána choinne sin ... Bhí mo sheal
féin agamsa agus, leoga, seal beag dona. Ní chreidim
go bhfuil sé i ndán domh titim i ngrá an dara huair.'

Bhí deora i súile na beirte nuair a scar siad ó chéile.
D'imigh sí agus d'fhág sí Tarlach leis féin agus, mar a
dúirt an duine aosta, an saol ina smionagar ar gach
taobh de. Chuaigh sé chun an donais agus chun an
drabhláis. Ní raibh an dara háit aige, dar leis, le
dearmad a dhéanamh de bhuaireamh an tsaoil seal
tamaill ach i dteach an óil. D'ól sé agus cheol sé nó
go raibh an phingin dheireanach dá shaothrú caite aige.
Ansin b'éigean dó a ghabháil a chuartú oibre. D'imigh
sé leis ar an tseachrán fríd an tsaol. Is iomaí maidin
léanmhar agus oíche ghortach a chonaic sé ó sin go dtí

an lá a thug sé aghaidh ar Éirinn, corradh le fiche
bliain ina dhiaidh sin.

6

Nuair a bhí Éamonn Sheáin Óig ar leaba a bháis
rinne sé tiomna.

'Tá mé ag fágáil an méid atá agam ar an tsaol ag
mo mhac, Donnchadh,' ar seisean, 'uilig ach an giota
beag caoráin atá i mbarr an ghleanna. Tá mé á fhágáil
sin ag an ruagaire reatha a d'imigh uainn fada ó shin,
cér bith áit a bhfuil an sompla bocht. Tarlach atá mé a
mhaíomh. Mura dtige sé bíodh an t-iomlán ag Donn-
chadh ... Leoga, níorbh é mo chomaoin a dhath a
thabhairt dó, mar Tharlach, nó níor ghnóthaigh mé
aon phingin riamh air. Ach is é mo mhac i gcónaí é,
agus níor mhaith liom mo dhuine clainne bás a fháil i
dteach na mbocht.'

Ní tháinig Tarlach ar ais go raibh an saol ag teann-
adh air. Ansin ba mhaith áit bheag ar bith lena cheann
a leagan. Rinne sé cró beag tí i mbarr an ghleanna agus
chuaigh a chónaí ann.

Bhí sé ansin leis féin ina sheanduine chorr chianach.
Ní dhéanadh sé mórán airneáil ná cuartaíochta. Is
minic a chuir páistí an bhaile sonrú sa dóigh a seas-
aíodh sé tráthnóna samhraidh os cionn Lios na Sí
ag amharc ar an tsruth trá ag gabháil síos ag Oileán
Muiríní. Agus is minic a d'éist siad oícheanna ciúine
fómhair nuair a bhíodh siad ag gabháil thart leis an
teach, is minic a sheasaigh siad ag éisteacht leis an
drandán chumhúil ceoil a bhíodh aige:

A Mháire an chúil daite 's an bhéilín bhinn,
Go dté mé 'dtalamh go mbeidh cuimhne agam ar do
    chomhrá liom.

MÁNUS Ó SÚILEACHÁN

1

Níorbh é sin a ainm ar chor ar bith. Micheál Ó Gallchobhair ab ainm is ba shloinneadh dó, an té a bhéarfadh a cheart dó. Lucht na drochtheanga agus an droch-chroí a thug an leasainm air. Agus sin ábhar mo scéil.

Seo mar a tharla sé. Bhí gréasaí ina chónaí ar an tSeanbhaile i Leitir Ceanainn dárbh ainm Mánus Ó Súileachán. Chuaigh mo Mhicheál cóir go Leitir Ceanainn agus fuair péire de bhróga Domhnaigh déanta ag Mánus. Ba iad seo bróga an phósta. Bhí lámh is focal eadar Micheál agus Róise Sheáin Nualann as Droim na Ceárta, agus bhíothas lena bpósadh fá cheann chupla mí. Agus bhí áthas an tsaoil ar Mhicheál go raibh. Ba mhaith leis fios a bheith ag an tsaol mhór go raibh sé féin agus Róise ag gabháil a phósadh. Ba doiligh dó sin a rá le gach duine dá gcasfaí air. B'fhusa dó na bróga a chur air agus imeacht leis fríd an bhaile. Rud a rinne sé. Mura dtarraingeofá thusa ort na bróga nuair a chasfaí ort é, d'amharcfadh Micheál síos ar a chosa cupla uair agus, nuair ab fhada leis a bhí tú gan a choisbheart a thabhairt fá dear, déarfadh sé rud éigin fán ghréasaí.

Casadh Síle Liam Mhóir air.

'Maise,' ar sise, 'go maire tú agus go gcaithe tú do bhróga, agus go stialla tú agus go stróca tú iad agus go bpósa tú bean iontu. Ach nach gcluinim gurb é sin an rún atá agat—go bhfuil tú ag gabháil tigh Sheáin Nualann ar an gheimhreadh seo?'

'Go maire tusa do shláinte,' arsa Micheál, agus aoibh bhreá air. 'Ach ná creid leath dá gcluin tú. Níl ar an tsaol ach bréaga,' ar seisean, agus d'imigh sé, ag tarraingt ar theach Chathaoir Bháin.

Ní raibh istigh ach Cathaoir. Tháinig Micheál aníos

go dtí an tine agus shín a dhá chois uaidh. Ach bheadh sé ansin ó shin gan Cathaoir Bán lá iontais a dhéanamh dá chuid bróg. Ina áit sin thoisigh sé ar an chomhrá a bhí in aice lena thoil féin.

"Bhfuil na preátaí maith ag d'athair i mbliana?"

'Maise, tá.'

'Goidé an cineál póir is fearr a chruthaigh daoibh? Na Bodaláin nó na Scoits Dhearga?'

'Bhí cineál againn ab fhearr ná ceachtar acu, mar a bhí na Lumpers. Deir Mánus Ó Súileachán liom—bhí mé i Leitir Ceanainn inné ag ceannacht bróg—deir sé gurb iad is mó a bhíos curtha acu fán Lagán.'

'Chluinim go bhfuil an galar garbh ar chapall Sheáin 'Ic Eachmharcaigh.

'Deir Mánus Ó Súileachán liom gur coirce salach is mó a thógas é.

'Ba bhreá an luach a bhí ar eallach bainne lá an aonaigh.'

'Deir Mánus Ó Súileachán liom gur ag éirí a bheas siad go dté an Fhéil Bríde amach.'

'An fíor go bhfuil an Fhrainc ag gabháil chun cogaidh leis an Ghearmáilte?'

'Do mo bhéal a bhí Mánus Ó Súileachán á inse.'

'Á, scrios Dé air, an glagaire salach!' arsa Cathaoir Bán, tigh s'againne, cupla oíche ina dhiaidh sin. 'Ní dheachaigh drud ar a bhéal tráthnóna an lá fá dheireadh ach ag caint ar Mhánus Ó Súileachán. Is cuma goidé an comhrá a tharrónainn orm, ní raibh as a bhéal ach Mánus Ó Súileachán. Chuir mé in amhail fiche uair a rá leis nárbh olc an Mánus Ó Súileachán é.'

Ón oíche sin ní ba mhó níor tugadh a ainm féin ar Mhicheál. Tá sé beo go fóill i gCeann Dubhrainn, ina sheanduine chruptha ag titim ar a bhata, agus ní thuigfeadh na daoine cé a bhí tú a rá dá dtugthá ainm ar bith air ach Mánus Ó Súileachán. Agus tá sé chomh maith agamsa a bheith cosúil leis an chomharsain agus an t-ainm a thabhairt air is fearr a thuigfear.

Róise Sheáin Nualann! Ní abóraidh mise cé acu a bhí sí dóighiúil nó nach raibh. Shíl Mánus gur dheise í ná réalt na maidine. Dar le Nábla Óig agus le cuid eile de sheanmhná an bhaile nach dtógfá do cheann i gcruinniú a chur sonraithe inti.

'Ar ndóigh,' deireadh Nábla, 'tá sí chomh buí le cos lacha, agus ansin í chomh ciotach sna pluca le seanmhnaoi. Is fada uaithi a bheith chomh dóighiúil le Nuala Chonaill s' againne. Ach má tá, sin an cailín nach mbíonn moill uirthi fear a fháil. Níl ann ach cé a gheobhas í. An lá fá dheireadh ar an aonach, dá n-óladh bonna mo chos biotáilte bhí sí le fáil agam. Micheál Pheadair is Baintreach Phaidí is 'ach aon leathphionta shé bpingin déag acu, is gan ann ach, "Ól, a Nábla". Uilig de gheall ar Nuala Chonaill.'

Ach ba chuma goidé a shíl Nábla Óg, shíl Mánus nach raibh leithéid Róise Sheáin Nualann ar dhroim an domhain chláir le deise agus le gnaoi. B'fhéidir go raibh sí deas. B'fhéidir nach raibh ann ach samhailteacha amaideacha a chonacthas do Mhánus. Ach más samhailteacha bréige a bhí iontu ní lúide den scéal é. Ba iad an cineál céanna iad a bhí mar mháthair ag an chuid is fearr den fhilíocht ó thús na cruinne. Is doiligh agus is ródhoiligh freagra a thabhairt ar cheist an duine aosta: 'Cé acu a fholaíos grá gráin nó a nochtas grá gnaoi?' Ní thabharfaidh mise iarraidh an scéal sin a shocrú. Tá mé sásta amharc ar Róise le cuid súl Mhánuis agus, nuair atá, caithfidh mé a rá gurb í gile na gile í agus áille na háille.

Ní raibh Mánus róthógtha leis na mná ina óige. Mar a déarfá, níor bhuail an galar i gceann a ocht mblian déag é mar a bhuaileas sé a lán eile. Chan á rá nach raibh croí ina chliabh a bhéarfadh searc do mhnaoi. Ach ní raibh dul aige an ceann ceart a chastáil dó. Is iomaí uair a chuir sé cailíní na mbailte sna meáchain, ina intinn féin, bean i ndiaidh na mná eile. Ach bhí siad uilig éadrom.

Nuair a casadh Róise Sheáin Nualann air níor chuir sé sna meáchain í ar chor ar bith. Ní thug sí faill dó. Mar a thig tuile na habhann anuas ó na sléibthe i ndiaidh bailc shamhraidh, agus chartas sí léi túrtóga agus gráinneoga féir amach chun na farraige, tháinig Róise ar Mhánus bhocht. Thug sé iarraidh a cur sna scálaí agus a tomhas go bhfeiceadh sé an raibh sí mar ba cheart ar gach aon dóigh … Mó thrí thruaighe naoi n-uaire é féin agus a chuid scálaí tomhais!

Seo mar a tharla sé. An oíche a pósadh Searlaí Dhónaill Eoghain Óig is ann a casadh ar a chéile iad, ar an urlár ag damhsa. Nuair a bhí an cúrsa thart shuigh siad ag taobh a chéile ag an doras druidte. Eadar sin is tráthas amach leo agus shiúil síos cois na habhann. Bhí oíche réabghealaí ann. Thoisigh an bheirt a chomhrá. Agus, a chúirt aingeal, nach méanair don té a bhfuil an comhrá sin le déanamh go fóill aige! An bhfuil a dhath ar an domhan inchurtha leis an loinnir a bhíos i ngnúis an tsaoil nuair a lastar solas an ghrá an chéad uair? 'Ní mhairfidh an bladhaire beag sin i bhfad: ní bheidh fágtha amárach ach gráinnín luatha agus cupla aibhleog dhóite.' An é sin do bharúil, a dhuine aosta? A sheanduine dhóite, ná déan an gáire beag scigiúil searbh sin agus tú i do shuí agus cruit ort os cionn do ghráinnín luatha. Luigh ar do leaba agus codail do dhóthain. Bhí tusa mar atá seisean, agus beidh seisean mar atá tusa.

Is iomaí tráthnóna a chuaigh Mánus siar an sliabh ag tarraingt go Droim na Ceárta. Bhí teach mór airneáil ar an bhaile sin, mar a bhí teach Shéarlais Fheargail. Bhíodh Mánus agus Róise ann go minic.

Bhí siad iontach doirte dá chéile. Ba deacair a rá cé acu ba mhó a raibh searc aige don duine eile. Bhíodh gach aon duine acu ag síorchaint ar an duine eile. Dar leo araon nach raibh an saol riamh leath féin chomh

deas. An dreach maránta a bhíodh ar an Eargal tráth-
nóna; an loinnir a thigeadh sna sléibhte le luí na gréine;
an aoibh a bhíodh ar an ghealaigh nuair a nochtadh sí
chucu as cúl an Ghrugáin; an crónán a bhíodh ag na
srutháin ag sileadh anuas go Loch na mBreac!

Tráthnóna amháin le luí gréine agus iad ina seasamh
ar Chruaich an Chuilinn, is ann a chuir Mánus chun
tosaigh uirthi é fá ghnoithe pósta. Bhí iontas uirthi,
má b'fhíor di féin.

'Chan ar phósadh a bhí mise ag smaoineamh ar chor
ar bith, ach go díreach go bhfuil mé go maith duit . . .
Agus beidh le mo sholas.'

Chrom sí a ceann ar a bhrollach.

'A Róise,' ar seisean, 'tabhair freagra orm agus ná
cuir as mo mheabhair mé.'

'Shíl mé ar fad go bpósfá cailín de chuid Cheann
Dubhrainn,' ar sise. 'Nóra Anna Óige, b'fhéidir.'

'Tá a fhios agat go maith, a Róise, nár smaoinigh
mé riamh í a phósadh, mar Nórainn, nó cailín ar bith
eile ach thusa. Ó 'Dhia, 'Róise, is beag atá a fhios agat
fán dóigh a bhfuil mo chroí agus m'anam istigh ionat.
Mise bean ar bith a phósadh ach thusa! Beidh tusa
agam, sin nó caithfidh mé mo shaol liom féin . . . I mo
chréatúr bhocht uaigneach . . . 'Róise, 'Róise, goidé
deir tú?'

Níor dhúirt sí dada. Mar a déarfá, níor dhúirt si a
dhath lena teanga. Bhí sí ní ba chliste ná sin. Bhí
dóigh ní b'ealaíonta aici ná a rá: 'Beir leat mé.'
Dhruid sí anall leis. Thiontaigh sí in airde a haghaidh.
Chorn sé í eadar a ucht is a ascallaí.

'Nach bpósfaidh, a Róise?' ar seisean.

'Bhail, más maith leat é,' ar sise.

2

Bhí Mánus anois as buaireamh an tsaoil. Siúd uaim
é: déarfaidh mé é. Ní raibh buaireamh ar bith ar an

tsaol. I ndeireadh an fhómhair a bhí ann. Leag siad amach go bpósfaí iad san am a bpóstar bunús chuid lánúineach na Rosann—eadar Achar an Dá Lá Dhéag agus Máirt Inide. Ba é sin an t-am a chuaigh Mánus go Leitir Ceanainn agus fuair sé péire na mbróg fá choinne an phósta. Nuair nach mbíodh sé ag amharc ar Róise bhíodh sé ag amharc ar na bróga agus ag tarraingt an chomhrá, mar a dúirt mé, ar an lá a bhí sé i Leitir Ceanainn agus an rud a dúirt an gréasaí leis. Ba mhaith leis na daoine a rá ina n-intinn féin: 'Ar ndóigh, is fíor duit sin. Bhí tú ag an ghréasaí go bhfuair tú bróga an phósta. Tá lámh is focal eadar thú féin agus Róise Sheáin Nualann i nDroim na Ceárta. Dheamhan go bhfuil tú céim os cionn an chuid eile de bhuachaillí an bhaile, nuair a chuaigh agat an cailín feiceálach sin a bhréagadh.'

B'fhada sin ón rud a deireadh na comharsana leis nuair a thoisíodh an chúlchaint. 'Marbhfáisc air! An t-amadán salach! É féin is a chuid bróg! Níl iontas ar bith leasainm a bheith air. Shílfeá nár chaith sé aon lá riamh costarnocht. Is cosúil nach bhfuil cuimhne aige nuair a bhíodh sé ar shiúl lena mháthair agus gan air ach giota de sheanphlaincéad.'

Oíche amháin casadh é féin agus Seán Mheilidín ar a chéile. Ba bhuachaill de chuid an bhaile Seán agus, níorbh ionann is a lán eile, bhí sé ina shuí go te. Bhí leadhb bhreá thalaimh aige, beathach capaill, agus seilbh eallaigh agus chaorach. Leoga, ní bheadh moill ar an tSeán chéanna bean a fháil nuair a rachadh sé amach.

'Chluinim go bhfuil saol an mhadaidh bháin agat fá Dhroim na Ceárta,' ar seisean le Mánus. 'Nár chóir, dá dtéinnse siar an bealach sin, go bhfaighinn cailín fosta?'

'Geobhaidh, cinnte,' arsa Mánus. 'Siúil leat siar tigh Shéarlais Fheargail san oíche amárach. Beidh lán an tí ag cardáil ann. Ní bheidh moill ort cailín deas a thoghadh.'

'Damnú más miste liom,' arsa Seán, agus tráthnóna
an lá arna mhárach d'imigh an bheirt acu siar tigh
Shéarlais Fheargail a dh'airneál. Bhí fearadh na fáilte
roimhe, mar Sheán. Ba bhreá an áit teach Shéarlais le
oíche airneáil a dhéanamh ann. Scaifte de chailíní deasa
istigh ag cardáil. Tine bhreá thíos, agus aoibh agus
pléisiúr ar mhuintir an tí.

Thoisigh Seán Mheilidín a dhéanamh cleachta de
ghabháil a dh'airneál tigh Shéarlais Fheargail. Níorbh
fhada gur thoisigh sé a ghabháil siar oíche Chéadaoine.
D'fhanadh Mánus sa bhaile an oíche seo, nó dúirt
Róise leis go gcaithfeadh sí fanacht ina teach féin ag
sníomhachán gach aon oíche Chéadaoine. Toisíodh a
chaint orthu uilig oíche amháin a bhí scaifte tigh
Nualaitín.

'Creid mise,' arsa Nualaitín, 'nach bhfuil aon chailín
óg sa dá phobal nár mhaith léi greim a fháil ar Sheán
Mheilidín. Tá áit suí aige nach gcastar a leithéid ort
ach go hannamh, le cois gur fear breá é féin.'

'Tá cailíní sa phobal,' arsa Mánus, go leath-
mhíshásta, 'nach bpósfadh é ar mhaithe lena mhaoin.'

'Ní phósfaidh go n-iarrtar orthu é,' arsa Máire
Chathaoir.

'Chan ag fáil loicht ar Sheán sin,' arsa Mánus. 'Ach
tá cailíní sa phobal nach bpósfadh fear ar bith ar
mhaithe le maoin shaolta, mura mbeadh toil aici don
fhear é féin. D'imigh an t-am a ndéantaí cleamhnas
eadar giota talaimh agus dornán airgid. Eadar fear
agus bean a níthear anois é. Tá a fhios agam, i mo
chortha féin de, go mb'fhearr liom an cailín a mbeadh
mo thoil léi, go mb'fhearr liom í fann folamh ná bean
eile agus culaith de phuntaí breaca uirthi. Agus tá mná
ann a bhfuil an dearcadh céanna acu. Mná a mb'fhearr
leo a ghabháil a chruinniú na déirce le fear a mbeadh
siad go maith dó ná fear a ghlacadh nach mbeadh toil
acu dó, is cuma goidé an mhaoin a bheadh aige.'

'Tá go breá, a bhodaigh,' arsa Nualaitín, 'ach is
fíorbheag acu a chonacamar riamh ag imeacht le fear

shiúlta na hÉireann agus ag tabhairt cúl a gcinn le áit mhaith suí. Níl sé curtha síos dúinn, mar mhná, go bhfuil mórán céille againn, ach, ina dhiaidh sin, tá an oiread sin againn ar scor ar bith.'

'Ar m'anam go bhfuil a fhios agam bean a rachadh chun an bhealaigh mhóir liom ar béal maidine,' arsa Mánus.

Ba ghairid ina dhiaidh sin gur imigh sé. 'Mo choinsias, a ghiolla amach,' arsa Nualaitín, 'gur leamh atá do cheann ort má shíleann tú go bhfuil an lá thart, nó go mbeidh choíche, a santóidh bean maoin shaolta. Tá a fhios agam féin go bhfuil bean chéillí ar bith sásta imeacht leis-sean a iarraidh na déirce, mar a d'imigh Siúsaí Dhearg le Eoghan Ó Sile-seáin! Tugadh sé aire dó féin ar eagla go bhfuil níos mó céille ag Róise Sheáin Nualann ná a shíleann sé. Chuala mise—ach nach de mo ghnoithe é, agus nár mhaith liom a bheith ag caint air—chuala mé gur dóiche gur bhain Mánus bocht slat a sciúrfas é féin an oíche a chuir sé cuireadh ar Sheán Mheilidín a bheith leis a dh'airneál tigh Shéarlais Fheargail. Tá ádh air mura bhfága Róise ar an tráigh fhoilimh é maidin inteacht.'

'Á, go bhféadfadh!' arsa Peadar Eoin.

'Maise, bhí sé thiar oíche Luain,' arsa Niall Sháibhe.

'Bhí,' arsa Nualaitín, 'agus bhí Seán Mheilidín thiar oíche Chéadaoine.'

'Mar dhia, go mbeadh sí ag coinneáil na beirte léi?' arsa Niall.

'Ní imeoraidh sí an cluiche sin ach go mbí sí cinnte de Sheán,' arsa Nualaitín. 'Nuair a bheas, ní bheidh sí i bhfad ag iarraidh ar Mhánus a ghabháil lena ghnoithe.'

'Is mairg dó a d'fhág leasainm air féin lena lá,' arsa Séamas Chonaill, 'más é sin an rud atá i ndán dó sa deireadh. Ach ní chreidim é.'

'Ná bíodh ceist ort,' arsa Nualaitín, 'nó tá a fhios ag iníon Sheáin Nualann an difear atá eadar pingin agus dhá phingin. Má théid aici Seán Mheilidín a mhealladh gheobhaidh Mánus Ó Súileachán an doras má fuair aon mhac máthara riamh é.'

3

Chonacthas do Mhánus go raibh áthrach ag teacht ar Róise. Bhí sí ag éirí giorraisc ina glór agus ag cur ina éadan go minic. Bhí fearg uirthi leis cionn is nár thuig sé go raibh deireadh leis an chumann a bhí eatarthu. Ach níor thuig Mánus í, cé go raibh a cuid dóigheann ar na mallaibh ag cur iontais agus míshuaimhnis air. Taobh amuigh de sin, níor smaoinigh sé riamh go dtréigfeadh sí é ar mhaithe le fear eile. Tháinig an t-iomlán i mullach an chinn air i gcuideachta.

Maidin chiúin gheimhridh, seachtain roimh an Inid, tháinig Liam Beag fána choinne, an áit a raibh sé ag cur tuí ar an teach. Bhí Mánus ina shuí ag an tine agus é ag ceangal a chuid bróg.

'Is deas an buachaill óg thú,' arsa Liam, 'nach bhfuil ach ag ceangal a chuid bróg fán am seo de lá. Nuair ba cheart duit do bhean a bheith agat ar maidin, mar atá ag Seán Mheilidín.'

'Dheamhan sin!' arsa Mánus.

'Tá siúd mar siúd,' arsa Liam.

'Ná creid leath dá gcluin tú,' arsa Mánus. 'D'inseodh Seán domhsa dá mbíodh rún aige a ghabháil chuig mnaoi.'

'M'anam, a bhráthair,' arsa Liam, 'nach scéal scéil atá agam air, nó gur mo dhá shúil a chonaic lucht na dála ag teacht chun an bhaile ar maidin. Agus m'anam, an ceart choíche, gurbh fhiúntach. Dhá lán an ghloine a thug Seán é féin domh.'

Níor shásaigh an scéal seo Mánus. Chonacthas dó go raibh Liam á inse go háthasach.

'Is é a bhí ceilte aige,' arsa Mánus, 'agus gur an oíche fá dheireadh a bhí sé féin is mé féin ag airneál i gcuideachta a chéile. ... Cá bhfuair sé bean?'

'Fuair thiar tigh Sheáin Nualainn i nDroim na

Ceárta. Bean a bhfuil Róise uirthi. M'anam go
gcluinim go bhfuil preabaire mná.'

'Dheamhan gur ceart é,' arsa Mánus, agus gan ann
ach go bhfuair sé an chaint leis. D'éirigh sé agus
chuaigh sé amach. Lig sé a thaca le coirnéal an tí.
Goidé an scéal iontach é seo a chuala sé? Arbh fhéidir
dó a bheith fíor? Á, níorbh fhéidir. Liam Beag a thóg
an scéal contráilte. Ní dhéanfadh Róise cleas mar sin.
Nach raibh an lá leagtha amach acu? Nach raibh
bróga an phósta ceannathe aige? ... Ina dhiaidh sin,
ba mhinic a chuala sé Róise ag moladh Sheáin Mheil-
idín. Smaoinigh sé anois ar chuid mhór dár dhúirt sí
leis le tamall, agus tháinig an dubheagla air gurbh
fhíor scéal Liam Bhig. Phill sé chun an tí arís.

'Seo, siúil leat,' arsa Liam. 'Tá na súgáin scaoilte ar
an teach agam agus tá an mhaidin á caitheamh.
B'fhéidir go mb'fhada arís go dtiocfadh lá tuíodóir-
eachta mar atá inniu ann. Níl sa lá inniu ach peata.
Ní fhaca mé an siocán bán riamh buan.'

'Tá agam le a ghabháil chun an Chlocháin Léith,'
arsa Mánus. 'Beidh Conall leat a chur na tuí.'

D'imigh Mánus ag tarraingt go Droim na Ceárta. Ní
bhfaigheadh sé suaimhneas go dtéadh sé agus go bhfeic-
eadh sé Róise. Ba mhillteanach an scéal é sin a d'inis
Liam Beag dó. Ba é Liam a bhí droch-chroíoch. An
dóigh a raibh aoibh air agus é ag inse an scéil. Agus
ansin, an dóigh ar tharraing sé air an aimsir agus croí
á bhriseadh ag a thaobh. Ach nár chuma le Liam?
Níor thuig seisean riamh grá. Nuair a fuair a mháthair
bhás chuaigh sé agus phós sé bean a nífeadh a cheir-
teach agus a dhéanfadh réidh a chuid bídh!

D'imigh Mánus leis siar Barr an Mhurlaigh. An
abóradh Róise gur ar mire a bhí sé aird a thabhairt ar
scéal reatha? Bheadh fearg uirthi leis cionn is go raibh
sé chomh leamh agus go rabhthas ag magadh air ar a
leithéid de dhóigh. ... Ach a Dhia, dá mb'fhíor é!

Chonaic sé fear meisce ar an leathmhala ag teach an
Ridealaigh, agus bean ag iarraidh a bheith ag cur céille

ann agus á bhlandar léi chun an bhaile.

'Cuidigh liom a thabhairt chun an bhaile,' arsa an bhean, nuair a tháinig Mánus a fhad leo. 'Tá sé ag briseadh ar shiúl chun an Chlocháin Léith go n-óla sé tuilleadh. Agus tá luach bó ina phóca, agus má théid sé chun an bhaile mhóir ní stadfaidh sé go n-óla sé an phingin dheireanach. Ní raibh sé ach i ndiaidh a theacht chun an bhaile ón aonach aréir nuair a tháinig duine isteach a thabhairt curtha dó chuig dáil i nDroim na Ceárta. Creidim go gcuala tú go bhfuil lánúin tigh Sheáin Nualann.'

'Fear ag Róise!' arsa Mánus.

'Tá agus, leoga, fear breá. Ach aníos as do bhaile féin é—Seán Mheilidín Bhrocaigh.'

Níor éist Mánus leis an dara focal. D'fhág sé an bhean agus an fear meisce sa mhuineál ar a chéile. Dá bpilleadh sé chun an Chlocháin Léith féin agus luach bhó na bpáistí a ól, nár bheag sin le taobh an chaill a tháinig trasna airsean? . . . Ach cá raibh sé ag gabháil? Bhail, ní raibh siad pósta go fóill. Nár dhoiligh di a dhiúltú nuair a chuimhneodh sé di na gealltanais a bhí eatarthu. Shiúil leis. Sa deireadh tháinig sé ar amharc teach Sheáin Nualann. Bhí leisc air a ghabháil isteach. Sheasaigh sé. Sa deireadh fuair sé uchtach agus chuaigh isteach.

Cuireadh fáilte roimhe agus tugadh cathaoir dó. D'éirigh fear an tí agus tháinig sé chuige le lán an ghloine. 'Ól seo,' ar seisean. 'Tá scéal maith againn le hinse duit, agus, leoga, scéal a chuirfeas lúcháir ort, nó bhí dáimh ag an mhuintir s' againne agus ag an mhuintir s' agaibhse riamh le chéile. Tá lánúin againn ar maidin, agus, leoga, is í Róise s' againne a fuair scoith na bhfear nuair a fuair sí Seán Mheilidín. Bhí an t-ádh uirthi an lá a casadh uirthi é. Ach nach gcluinim gur tú féin a thug chun an bhaile seo ar tús é? Féadaidh Róise s' againne a bheith buíoch díot. Ól sláinte na lánúine.'

Ní fhéachfadh Mánus an t-uisce beatha. Ach níor

cuireadh mórán iontais ansin, nó ní gnách le duine a
théid isteach i dteach bainise nó dála ar a choiscéim
aon deor den digh a thairgtear dó a ól. Shuigh sé ansin
tamall ag iarraidh a bheith ag comhrá. Bhí muintir an
tí gnoitheach ag déanamh réidh fá choinne na bainise.
Ní raibh Róise le feiceáil thall ná abhus.

Sa deireadh d'éirigh Mánus a dh'imeacht. Nuair a
bhí sé ina sheasamh i lár an urláir, ar seisean: "Bhfuil
Róise fá bhaile?'

'Níl,' arsa bean an tí. 'D'imigh sí chun an Chlocháin
Léith ar maidin. Táthar lena bpósadh amárach, agus
ní mó ná go bhfuil faill againn ár n-anam a thabhairt
do Dhia is do Mhuire.'

D'imigh sé. Dar leis féin go rachadh sé chun an
Chlocháin Léith agus go bhfeicfeadh sé ansin í. Dá
bhfaigheadh sé aon amharc amháin uirthi! D'imigh sé
leis siar Croich Uí Bhaoill. Seo an bealach a thiocfadh
sí chun an bhaile. D'fhan sé ansin go tráthnóna.
Tháinig bearradh fuar ar an aimsir. Chruinnigh cith
thuas os cionn Chnoc na gCaorach. Bhí mná ag teacht
aniar an bealach mór, ach ní tháinig an bhean a raibh
Mánus ag feitheamh léi. Nuair a bhí sé ag éirí dorcha
chuaigh sé isteach chun an Chlocháin Léith. Sráid-
bhaile beag salach suarach gortach a dhéanfadh duine
tromchroíoch lá ar bith sa bhliain! Chuaigh sé isteach
i gcupla ceann de na siopaí, ach ní raibh Róise le
feiceáil aige.

Tháinig sé chun an bhaile an oíche sin agus ba
chorrach a chodladh. Ar maidin an lá arna mhárach
d'éirigh sé agus shiúil leis ag tarraingt ar theach an
phobail. Nuair a bhí sé ar mhullach Ard na nGabhar
chonaic sé comóradh na lánúine ag gabháil isteach go
teach an phobail. Ba ghairid go dtáinig siad amach
arís. Bhí an pósadh déanta.

Chuir Seán Mheilidín a bhrídeog ar a chúlaibh agus
thug aghaidh an bheathaigh siar, agus d'imigh lucht an
chomóraidh ina dhiaidh. Fágadh Mánus leis féin.
Choimhéad sé iad go deachaigh siad i bhfolach i gcúl na

beairice. Ansin thug sé aghaidh ar an bhaile. Bhí sé mar a bheadh fear ann a gheobhadh buille sa cheann, agus ar feadh tamaill nach mbeadh a fhios aige goidé a bhí sé a dhéanamh. Tháinig an tubaiste seo chomh tobann air inné roimhe sin agus nach mó ná gur chreid sé é. Ach bhí sé inchreidte anois. Bhí sé ag éirí níos soiléire gach aon bhomaite. Bhí a rúnsearc pósta ceangailte ar fhear eile. Agus an t-amharc deireanach a fuair Mánus ar mhullach a cinn sula deachaigh sí as a amharc i gcoradh an bhealaigh mhóir! Bhí an duine bocht mar a bheadh fear ann a bheadh ina sheasamh ar an chladach ag amharc ar a chuid den tsaol ag imeacht leis an tuile agus gan é ábalta ar a tharrtháil.

Tháinig sé chun an bhaile agus a chroí á bhriseadh. Lig sé a rún lena mháthair. Nach chuici a théitear i gcónaí nuair a thig an t-anás? Agus, ar ndóigh, bhí cuid mhór céille sa chomhairle a thug an tseanbhean dó, siúd is nár shíl sé féin go raibh.

'Teann ort, a mhic,' ar sise leis, 'agus faigh bean sula n-éirí an scéal seo amach. B'fhéidir nach dtáinig lá de do leas riamh ach é. Sin thall cailín ag Dónall Pheadair na Binne agus b'fhearr liom í lá ar bith ná Róise Sheáin Nualann.'

'Ní rachaidh,' ar seisean. 'Caithfidh mé mo shaol liom féin.'

'Tá sin maith go leor,' arsa an mháthair, 'fad is bheas mise agus d'athair beo agus an teaghlach cruinn. Ach tiocfaidh an lá a ndéanfaidh 'ach aon duine as dó féin. Agus bíodh a fhios agat gur bocht an rud deireadh do shaoil a chaitheamh i gclúdaigh ar bith ach i do chlúdaigh féin.'

Ní raibh gar a bheith leis. Chonacthas dó nach raibh mórán céille ag a mháthair. Duine den tseandéanamh a bhí inti, nár thuig riamh grá. Ach thuig seisean grá. Bhí a fhios aige, nó dar leis go raibh a fhios aige, go n-éiríonn réalta an ghrá uair amháin i saol gach aon duine, agus nach n-éiríonn sí ach an uair sin. Iníon Dhónaill Pheadair na Binne!

'Mo thruaighe an chiall a bhíos ag seandaoine,' ar seisean leis féin. 'Dá mbíodh mná an domhain agam le rogha a bhaint astu, ní phósfainn aon bhean acu ... A Róise, a Róise, goidé a rinne tú orm?'

4

'Tá Mánus Ó Súileachán ag éirí amaideach arís, arsa Anna Mhealadáin, oíche amháin cúig bliana fichead ina dhiaidh sin. 'Ní dheachaigh drud ar a bhéal an oíche fá dheireadh ach ag caint ar mhná. Cuirfidh mé bhur rogha geall go bhfeicfidh sibh bean aige roimh Oíche Inide go fóill.'

'Maise, gurb é an seanphósadh aige é,' arsa duine eile. 'Shíl mé nach dtógfadh sé a cheann choíche i ndiaidh Róise Sheáin Nualann. Ach, ar ndóigh, d'fhan sé seal fiúntach díomhain ar mhaithe léi. Cá fhad siúd ó pósadh í, mar Róise?'

'Cúig bliana fichead gus an t-am seo,' arsa Anna. 'Ní thig a rá go dearn sé dearmad i dtoibinne di.'

Seanchailín a bhí i Méabha Chonaill Óig, a bhain deireadh dúil de chéile. Bhíothas á rá nár chuir aon fhear riamh ceiliúr cleamhnais uirthi. Ach an fhírinne choíche! Chuir. D'iarr Bilí Ac Niallais í, ach dhiúltaigh sí é cionn is go raibh cos mhaide air. Bhíothas á rá, fosta, agus b'fhíor é, go raibh súil aici ina hóige ar bhuachaill as Mín na Cloiche Glaise, gur imigh sé go hAlbain agus gur pósadh thall ansin é. Bhí Méabha ina seanchailín bheag bhricliath anois. Bhí sí ag éirí cianach, confach, mar a bhíos a macasamhail i gcónaí nuair a bhíos an ghrian ag gabháil siar agus gan aon fhear ag teacht. Shíl sí go raibh sí fágtha léi féin go héag.

Agus bheadh, dá bhfaigheadh Mánus Ó Súileachán an saol ar a mhian féin. An oíche a chuaigh sé amach a dh'iarraidh mná, ba í Méabha Chonaill Óig an dual ab fhaide siar ar a choigil. An chuid ab óige agus ab

aeraí de na cailíní a d'iarr sé ar tús. Ach diúltaíodh
é sa chéad teach agus sa dara teach agus sa tríú teach.

Feilimí Dhónaill Phroinsís agus Seonaí Sheimisín a
bhí leis a dh'iarraidh na mban.

'Dheamhan go bhfuil drochádh orainn,' arsa Feilimí,
nuair a diúltaíodh sa tríú teach iad. 'Cá rachaimid
anois?'

'Níl a fhios agam, 'Fheilimí. Goidé do bharúil féin?'

'Bhail, leis an fhírinne a dhéanamh,' arsa Feilimí,
'tá tú ag gabháil anonn i mblianta. Chan á rá nach
bhfuil tú i d'fhear mhaith go fóill sin. Ach ní bhfaigh-
idh tú na cailíní a gheofá dá mbeifeá giota ní b'óige.'

'Goidé do bharúil de Mhéabha Chonaill Óig thiar
anseo?' arsa Seonaí Sheimisín.

'Ní rachaidh mé chuici go sáraí orm,' arsa Mánus.

Chuaigh siad tigh Seáinín Chonaill a dh'iarraidh
Neansaí, ach diúltaíodh ansin iad. Chuaigh siad ó sin
go raibh siad tigh Mhicheáil Cheiteoige agus diúltaíodh
iad. Bhí na coiligh ag scairtigh ag fágáil theach Mhich-
eáil dóibh.

'Tá eagla orm nach ndéanaimid maith anocht,' arsa
Feilimí. 'Is fearr dúinn a ghabháil chun an bhaile agus
oíche eile a dhéanamh de.'

'Ní rachaidh,' arsa Mánus. 'Dá dtéadh sé amach
orm gur diúltaíodh mé ní bhfaighinn bean ar bith. In
ainm Dé bhéarfaimid bualadh éadain dóibh go gcuire
solas an lae chun an tí sinn. Beidh bean agam roimh
mhaidin, dá mba í iníon Chití na scuab í.'

'Agus an rachaimid a fhad le Méabha Chonaill Óig?'
arsa Seonaí Sheimisín.

'Maith go leor,' arsa Mánus.

Bhí Méabha in aonteach lena deartháir. Nuair a bhí
an t'athair ar leaba an bháis ba é an tiomna a rinne sé
dhá leath a dhéanamh den talamh eartarthu, agus dá
mba i ndán is go bpósfaí Méabha an deartháir airgead
a thabhairt di in éiric a cuid féin den talamh.

Hiarradh an bhean agus fuarthas í. Toisíodh a
shocrú dála.

'Ní fiú a dhath le trí scór an spleotán beag seo,' arsa Donnchadh Chonaill Óig. 'Sin deich bpunta agus fiche atá agam le tabhairt di.'

'Ní dhéanfaidh tú maith,' arsa Feilimí. 'Cuir triúr fear ar bith dár mian leat i gceann breithiúnais ar an áit ar maidin amárach, agus bain an chluas den leiceann agamsa mura measa siad ceithre scór don talamh, gan trácht ar an teach.'

'Dheamhan pingin a gheibh sí ach na trí dheich.'

'Maith go leor,' arsa Feilimí, 'táimid-inne ag imeacht. Is furast don bhuachaill seo bean a fháil ʼá ar bith agus dhaichead punta de chrudh léi. Siúiligí libh, a fheara.'

Thug Méabha cogar dá deartháir.

'Fan ort go fóill,' arsa Donnchadh Chonaill Óig. 'Bhéarfaidh mé cúig phunta dhéag is fiche di.'

'Ní thabharfaidh,' arsa Feilimí, ag tabhairt coiscéim eile in aice an dorais.

'Bhéarfaidh mé uaisc chaorach di le cois na gcúig bpunta dhéag is fiche,' arsa Donnchadh.

'Seo,' arsa Feilimí, 'má tá fuil i do mhuineál déan an t-airgead cothrom de. Ó loisc tú an choinneal loisc an t-orlach.'

'Ar m'anam nach dtiocfadh liom,' arsa Donnchadh.

'Bhail, bíodh agat,' arsa Feilimí.

'Ní fir ar bith sibh,' arsa Seonaí Sheimisín, 'ag briseadh cleamhnais ar mhaithe le cupla punta scallta. Déanaigí dhá leith de na cúig phunta atá eadraibh. Sin a seacht déag is fiche is deich scillinge. Coinnigh amach do lámh, a Dhonnchaidh. Margadh é.'

'Tá mise sásta de fhocal Sheonaí, ó dúirt sé é,' arsa Donnchadh.

'Maith go leor,' arsa Feilimí. 'Tá mise sásta, fosta. Tá crudh cothrom ag gabháil léi—seacht bpunta dhéag is fiche is deich scillinge.'

'Agus nach bhfaighidh mé an chaora, fosta?' arsa Mánus Ó Súileachán.

AN AISLING BHRÉIGE

1

Ní thiocfadh leat macasamhail Éamoinn Ghráinne Duibhe a fháil sa dá phobal ach é féin. Fear mór láidir a bhí ann; é glan díreach ar a chois, ceann catach dubh air agus súile beocha loinnireacha aige. Ní raibh aon mhac máthara eadar an dá fhearsaid a bhí ina fhear aige. Nuair a bhíodh na fir óga á bhféacháil féin i gceann camáin ar an Tráigh Bháin, nó i gceann rámha i mbéal Ghabhla, ní thiocfadh leat gan sonrú a chur san ógánach líofa láidir seo.

Níorbh iontas ar bith go raibh cailíní óga na Rosann, agus cuid mhaith de mhuintir Ghaoth Dobhair lena gcois, go raibh sin ag briseadh na ladhar ina dhiaidh. Bhí sé ar dhaimhseoir chomh deas agus a sheasaigh ar urlár ó d'imigh Brúnach Bhun na mBeann. Agus chuirfeadh sé na cuacha a chodladh lena chuid ceoil. Ní raibh sé róthábhachtach nó róchríonna fá ghnoithe an tsaoil agus, mar sin de, b'iomaí athair teaghlaigh sa phobal nach dtabharfadh a iníon dó le pósadh dá mba ar a mhian a bheadh. Ach os a choinne sin b'iomaí iníon a rachadh thar chomhairle a hathara agus a d'éalódh leis an scafaire dá dtigeadh sé á hiarraidh ar uair an mheán oíche.

Bhí Éamonn tráth dá shaol—an seal ráscánta sin eadar ocht mbliana déag agus ceithre bliana fichead—agus bhí sé ina réice dhéanta. Mar a deireadh sé féin sa cheol, bhí sé seal in ochras gach cailín díomhaoin agus gan a fhios ag aon acu cá raibh a ghrá. Sa deireadh thoisigh sé a 'chomhrá' le Bríd Bheag Shéamais Ruaidh. Chan a rá go raibh sé i ngrá le Bríd sin. Ach thaitin sí leis ar fhiche dóigh agus ba mhaith leis a bheith ina cuideachta. Cailín beag nádúrtha dea-chroíoch a bhí inti, agus cailín céillí nach raibh amaidí ar bith ag cur as di—charbh ionann sin is cuid eile acu.

Ní raibh ag a muintir ach í, mar Bhríd. Bhí leadhb bhreá thalaimh agus rathúnas bólachta acu. Agus, ar ndóigh, bhí a fhios ag an tsaol gur le Bríd Bhig a thitfeadh an bunachar.

'D'fhéad tú a ghabháil chuici, a mhic," a deireadh Gráinne Dhubh lena mac. 'Níl aon bhean istigh sa phobal, nó sa phobal is deise dó dá n-abrainn é, níl sin a ghlacfainn de roghain uirthi dá mbínn i m'fhear. Cailín beag céillí stuama bláfar a bhfuil dea-spéir os a cionn.'

Bhí a fhios ag Éamonn go raibh Bríd Bheag i ngrá leis. Cé nár inis sí riamh dó é, bhí a fhios aige go raibh a croí agus a hanam istigh ann. Is minic a dúirt sé leis féin gur mhairg nach dtiocfadh leis a bheith léi mar a bhí sise leisean. Ach ní thiocfadh, ní thiocfadh. Sin a raibh de.

2

Oíche amháin gheimhridh bhí Nóra Ní Cheallaigh ina suí ina seomra léi féin, go díreach le clapsholas. Bhí géarbhach cruaidh gaoithe móire ann agus tháinig cith cloch sneachta a bhain tormán amach as gloine na fuinneoige. Bhí an teach ar bhruach an chladaigh.

Chuir Nóra tuilleadh mónadh ar an tine. Las sí an solas agus anonn léi go gcuireadh sí an dallóg ar an fhuinneoig. D'amharc sí amach chun na farraige agus bhí bristeacha geala bána ag teacht aniar ó bhun na spéire, ceann i ndiaidh an chinn eile. Dar léi féin, tá dúil agam go raibh na hiascairí uilig fá chuan sula dtáinig an mórtas. Tharraing sí anuas an dallóg agus tháinig anall ar ais go dtí an teallach.

Sular shuigh sí d'amharc sí uirthi féin sa ghloine mhór a bhí os cionn na tineadh. Chonaic sí a scáile féin ag amharc amach uirthi. Dar léi go raibh deilbh anróiteach agus dreach snoite ar an scáile chéanna. Agus bhí. Ina dhiaidh sin scáile mná breátha a bhí ann. Bean ard scaoilte a raibh com caol aici, súile

dúghorma, agus aoibh tharrantach uirthi. Donn a bhí a
gruaig lá den tsaol, ach bhí sí ag éirí bricliath anois
os cionn na gcluas.

Bhí sí uaigneach, tromchroíoch an oíche seo. Shuigh
sí os coinne na tineadh agus chuir sí suas drandán
ceoil—amhrán a bhíodh ag Séamas na Ceárta:

Bhí mé seal den tsaol ar shamhail mé in mo chroí
  Go dtiocfá san oíche 'om iarraidh,
Ach go ndéantar loch den chreig is go bpille 'n sruth ar
    ais
  Ní chreidfidh mise d'aisling bhréige.

Dar léi nár leasainm ar bith aisling bhréige a thabh-
airt ar an tsaol seo. Dhearc sí siar ar an am a bhí caite.
B'iomaí fear a chuir ceiliúr suirí agus ceiliúr cleamh-
nais uirthi ó tháinig sí chun na Rosann ocht mbliana
déag roimhe sin. Máistreás scoile a bhí inti agus níor
thóg aon fhear de na hiascairí a shúil riamh léi. Ach
b'fhurast di fear a fháil. Bhíothas á rá gur iarr Docht-
úir Staic í. Agus ní raibh aon mháistir scoile sa phobal,
amach ón fhear úd a bhí ceangailte sula dtáinig sí,
nach dtug iarraidh cion croí a dhéanamh léi. Ach sin a
raibh ar a shon acu. Níor ní léi iad. Chonacthas di nach
raibh iontu ach feolamáin bheaga bhochta ainniseacha
le taobh an fhir a raibh sí ag dúil leis leis na blianta,
ach nach dtáinig riamh.

Ina hóige chreid sí go raibh fear éigin geallta ag Dia
di ó thús an tsaoil. Go raibh scafaire meallacach in áit
éigin ar an domhan agus gur dhual dó a theacht timp-
eall na cruinne, dá mbíodh sé riachtanach, lena gcastáil
ar a chéile. Ach bhí na blianta á gcaitheamh agus ní
raibh sé ag teacht, nó cuma air go dtiocfadh. Ní raibh
ina haisling ach aisling bhréige, agus ba mhairg riamh
a chreid í. Tháinig mothú feirge uirthi leis na scéalta a
chuala sí nuair a bhí sí ina girsigh. Cad chuige nár
hinseadh an fhírinne di? Cad chuige nár hinseadh di
nach raibh sa tsaol ach sop barraigh, nó sa ghrá ach

lasóg? Níorbh fhiú an saothar an barrach a chur le
thine. Bladhaire beag loinnireach ar feadh chupla
bomaite. Agus ansin, gráinnín beag luatha!

"Bhfuil tú ansin a Ní Mhic Uí Cheallaigh?' arsa
bean an tí, ag cur isteach an dorais, agus glór scáfar
ina ceann. 'Dia ár sábháil,' ar sise, 'tá bád Chonaill
Sheáin Anna briste ar Leac na Luatha. Thug sé iarraidh
rith cladaigh a thabhairt di nuair a tháinig an mórtas,
agus goidé rinne sé ach reáchtáil isteach ar an charraig.
Tá an bád ina cláraí agus an fhoireann ar an leic—
mura bhfuil cuid aca báite, cumhdach Dé orainn—agus
tá an lán mara ag éirí agus na tonna ag gabháil tharstu.
... A Mhaighdean gheal ghlórmhar Mhuire, go spré
tú do bhratach ar 'ach aon chréatúr dá bhfuil sa chon-
túirt anocht.'

Chuir Nóra cóta mór anuas fána huachtar agus
amach léi. Ar a ghabháil thart di ag coirnéal an tí bhí
an ghaoth chomh láidir agus gur cuireadh ar a cúl trí
huaire í. Bhí na slóite ag tarraingt chun an chladaigh
agus cuma scáfar ar gach aon duine. Nuair a tháinig
Nóra go béal na trá bhí cáthadh na mara ag baint na
súl aisti. D'amharc sí amach, ach ní raibh le feiceáil
aici ach an fharraige dhorcha agus barróga geala ina
rith anall an béal agus ag greadadh in éadan na
mbeann.

Chuaigh sí soir giota go dtí áit a raibh scaifte cruinn
agus cuid acu crom ag amharc amach. Chuaigh sí ar a
leathghlún agus chonaic sí eadar í is léas na fir ina
seasamh ar an charraig agus greim acu ar a chéile. Bhí
an líonadh ag teacht. Bhí na tonna ag gabháil tharstu.
Ní bheadh gar féacháil le a ghabháil amach a fhad leo.
le bád. Bhí aghaidh na gaoithe móire agus na dtonn
isteach ar an chladach agus, cé nach raibh an giota ach
gairid, níorbh fhéidir d'árthach ar bith a ghabháil ina
éadan.

Chuaigh leathuair thart. Bhí an slua ag méadú ar an
chladach. Bhí an lán mara ag éirí. Shílfeá nár dhual
don trághadh a theacht choíche, an dóigh a raibh gach

aon tonn ag éirí níos airde, mar a bheadh sí ag iarraidh buaidh a bhreith ar an cheann a tháinig roimpi. Na créatúir a bhí ar an charraig d'fhan siad i mbun a chéile fad agus a thiocfadh leo, ag dúil go dtiocfadh tarrtháil. Bhí rud beag snámha ag triúr acu, ach ní raibh ag an bheirt eile. Nuair a chonaic siad an bás ag teacht ní ba deise dóibh chuaigh an mhuintir a raibh an snámh acu i bhfarraige agus chuaigh acu an cladach a bhaint amach.

Ní raibh fágtha ar an charraig anois ach beirt. Agus dar leat go raibh a gcás ní ba truacánta ná dá mbíodh triúr eile le bás a fháil ina gcuideachta. Bhí siad ansin ar fad agus obair acu na cosa a choinneáil. Thoisigh mná agus páistí a chaoineadh ar an tráigh.

Leis sin, anuas an dumhaigh le fear ligthe gasta, an méid a bhí ina chnámha. Éamonn Ghráinne Duibhe a bhí ann. D'amharc sé amach ar an fharraige ar feadh bomaite bhig, agus ansin thoisigh sé a bhaint de an chuid ba ghairbhe dá chuid éadaigh. Thoisigh cuid a rá nach ndéanfadh sé ach é féin a bháthadh i gcuideachta na cuideachta, nó nárbh fhéidir do cholann daonna snámh amach in éadan an mhórtais.

'Órú, 'Dhia, 'Éamoinn, a leanbh,' arsa Gráinne Dhubh, 'goidé an mhaith duit thú féin a bháthadh? Nach bhfuil a fhios agat nach féidir snámh amach fríd na bristeacha sin? A Mhicí Óig,' ar sise le seanduine a bhí ann, 'cuir comhairle ar mo leanbh. Báithfear é chomh cinnte agus rachas sé i bhfarraige anocht. Agus, ar ndóigh, ní beag a bhfuil caillte.'

'Bíodh ciall agat, a mháthair,' arsa Éamonn. 'Níor cailleadh leath dá deachaigh i gcontúirt. Ní bháithfear aon duine anocht, le cuidiú Dé.'

Thug sé leis sreang potaí gliomach agus cheangail dul di thar a chorp. Ar an cheann eile den tsreing ceangladh cupla rámha, agus cábla láidir de na rámhaí.

'Ligigí an tsreang liom,' ar seisean, 'de réir mar a bheas mé ag snámh. Má mhothaíonn sibh mé á teann-

adh chugam go gasta trí huaire i ndiaidh a chéile
tarraingigí isteach mé. Anois 'fheara, in ainm Dé!'

Chuaigh sé de léim i bhfarraige. Bhí fear ar an
chladach agus laindéar ina láimh aige. Amanna tífeá
cloigeann an tsnámhaí eadar thú féin is na barróga
geala. Bhí Nóra Ní Cheallaigh ina seasamh ar an chlad-
ach agus a croí ar crith ina cliabh. Fá ghiota bheag di
bhí bean ina suí ar cloich agus leanbh ina hochras aici
agus í eadar a bheith ag caoineadh agus ag urnaí. An
leanbh beag bocht, chuir sé scread chaointe as féin
nuair a thit an t-éadach dá cheann agus tháinig an
fuacht air. Ach thost sé arís nuair a chuach an mháthair
isteach ina hochras é. Sin a raibh ag déanamh buartha
dó. Ní raibh a oiread céille aige agus go mbeadh sé ag
caoineadh fána athair a bhíothas a bháthadh fá ghiota
bheag de.

Dar le Nóra Ní Cheallaigh: 'Tá dúil as Dia agam
go sábhlófar d'athair, a leanbh beag bocht ... Agus
iad uilig.'

Bhain Éamonn an charraig amach. Tharraing sé
chuige an tsreang go faichilleach go dtug sé na rámhaí
a fhad leo. Chuaigh siad ina dtriúr ar na rámhaí.
Tharraing na fir a bhí ar an chladach chucu an cábla.
Is iomaí lámh a síneadh chucu nuair a tháinig siad go
béal na trá. Féadaim a rá nár ligeadh dóibh cos a chur
fúthu nó gur tógadh ar ghuailleacha fear iad agus gur
fágadh istigh tigh Sheinit iad, an teach a raibh Nóra
Ní Cheallaigh ar ceathrúin ann.

3

An oíche sin i ndiaidh Éamonn a ghabháil chun an
bhaile bhí Nóra ina suí cois na tine léi féin, go díreach
mar a bhí sí i dtús na hoíche. Is fíor go dtig rud san
uair nach dtig sa chéad bliain. B'iontach an duine
Éamonn Ghráinne Duibhe. An dóigh ar shuigh sé a
chomhrá i ndiaidh éadach tirim a chur air—a chomhrá

le fear an tí ar iascaireacht agus ar bhádaí seoltóir-
eachta, ar gach aon rud ach an éachta mhór a bhí sé i
ndiaidh a dhéanamh. Ba deas na súile a bhí aige. Ba
tarrantach an glór a bhí ina cheann. Agus gach aon
cheann láimhe dá raibh air! Mór leathan láidir feith-
eogach, daite ag an fharraige agus ag an aimsir. Iascaire
a bhí ann . . . Ach níorbh iascaire mar gach iascaire!

Casadh Éamonn ar Nóra cupla tráthnóna ina dhiaidh
sin. D'iarr sí air a theacht isteach agus tamall airneáil a
dhéanamh. Agus nuair a bhí siad ina suí ar dhá thaobh
na tineadh d'iarr sí air gach aon rud a insint di fán tsaol
a bhí ag na hiascairí. Bhí cineál cotaidh air ar tús.
Ba ag Nóra a bhí sé ar an scoil. Ba í a thug an beagán
beag léinn dó a bhí aige. Ó d'fhág sé an scoil ina ghasúr
bheag níor labhair sé aon fhocal léi níos troime ná an
t-am de lá a bheannú di. Ach as a chéile fuair sé an
anál leis, agus thoisigh sé dh'inse a chuid éachtaí di.
Dar léise gur scéalta sí a bhí á n-inse aige. Bádaí ina
rith fríd thonna na mara, cáthadh ag gabháil thar bharr
na gcrann, eangacha á gcur agus á dtógáil, seolta geala
ag teacht aniar ó luí na gealaí, agus lastaí éisc á ndort-
adh ar na cladaigh.

D'éirigh sé dorcha. Níor las Nóra an lampa. Bhí
marbhsholas na tineadh ag damhsa ar na ballaí.

An oíche sin shiúil Éamonn leis féin aniar agus siar
cois na trá tamall fada sula deachaigh sé chun an tí.
Oíche dheas smúidghealaí a bhí ann agus an doineann
thart. Bhí tonn bheag anbhann ag crónán i mbéal na trá
agus an barra ag éagaoin go lagbhríoch, mar bheadh
sé tuirseach i ndiaidh na doininne a bhí ann an tseach-
tain roimhe sin.

Má bhí aon fhear riamh sa chéill ab aigeantaí ag
mnaoi bhí Éamonn ann. Bhéarfadh sé deich mbliana
dá shaol ar oíche eile chomhrá a bheith aige le Nórainn.
Bhéarfadh sé a shaol uilig ar chuantar greim láimhe a
bhreith uirthi agus a béal a phógadh. Ach goidé an
mhaith dó a bheith ag smaoineamh go ligfeadh sí
dósan sin a dhéanamh?

Stad sé de shiúl na hoíche agus, ar ndóigh, thoisigh mná na comharsan a chaint air.

'Dheamhan gur gasta a thiteas cuid de na daoine ar a gcéill,' arsa Róise Bhilí. 'Éamonn Ghráinne Duibhe nach raibh aon damhsa le himeacht air, ó seo go teach Ruairí ar an Bhealtaine, bhuail sé a cheann faoi mar bheadh fear ann a mbeadh a bhean is a chlann aige.'

'Chan 'ach aon fhear tí a bheadh incurtha leis,' arsa Bríd Shéamais Anráis. 'Dó féin a hinistear é, tá eagla ormsa go dtáinig seachrán beag ar an duine bhocht. Gheobhaidh tú ar shiúl é leis féin fán chladach leath an ama.'

'Ní raibh sé mar dhuine eile,' arsa Siúgaí Ní Bhraonán, 'ón oíche a thug sé tarrtháil ar an fhoirinn. Ach, ar ndóigh, tá sé canta go mbíonn a cuid féin ag an fharraige ar dhóigh nó ar dhóigh eile. B'fhurast a aithne ar an oíche chéanna go raibh caill air agus nach n-imeodh an mórtas gan a chuid a bheith leis.'

Is minic, nuair nach mbíodh sé ag iascaireacht, mar Éamonn, a théadh sé síos chun na caslach a spréadh a chuid eangach nó a ní an bháid. Agus bhíodh sé i gcónaí ag teacht ar ais san am a gcasfaí Nóra air agus í ag teacht chun an bhaile ón scoil.

''Éamoinn,' a deireadh a mháthair leis, 'is beag an dochar don bhád a bheith glan, de réir mar a chaitheas tú am á ní. Nár chóir, a thaisce, go dtabharfá scíste beag do do chnámha nuair nach mbeifeá ar an fharraige?'

Tráthnóna Dé Domhnaigh, lá breá samhraidh, bhí Nóra ina suí ar laftán ghlas os cionn na farraige. Bhí aoibhneas ar muir agus ar tír. Tháinig Éamonn anuas chun na caslach. D'amharc sé an raibh na seolta spréite mar ba cheart ar an bhád leis an ghrian a choinneáil óna scóladh. Shiúil sé leis soir an cladach nó go raibh sé san áit a raibh Nóra.

Shuigh sé ag a taobh. Thoisigh siad a chomhrá. Éamonn bocht, bhí sé mar a chonaic an Rí é. Ba mhaith leis rud éigin a rá, ach ní raibh dul ag an chaint a theacht leis. Thug sé fiche iarraidh an scéal a tharraingt ar an rud a bhí ar a intinn, ach ní raibh gar dó ann. Bhí Nóra mar thuigfeadh sí na smaointe ab uaigní ina chroí, agus chuir sí i gcónaí ó dhoras é le scéal éigin eile. Is iomaí uair a tháinig sé chun an bhéil chuige fiche focal a chur i bhfocal amháin. Ach bhí eagla air. B'fhéidir gur fearg a chuirfeadh sé uirthi agus nach labharfadh sí ní ba mhó leis. Bhí sé mar bheadh fear ann a mbeadh áit a chos aige ar carraig mhara agus nach ligfeadh eagla a bháite dó an charraig a fhágáil agus iarraidh a thabhairt snámh chun an talaimh.

Sa deireadh fuair sé an teanga leis. Má chaithim an fhírinne lom a inse, ní hé an teanga a tháinig leis ar tús ach na súile agus ansin an lámh. D'amharc sé uirthi le súile a bhí loinnireach, meadhrach, meallacach, agus gruama, truacánta san am chéanna. Fuair sé greim ina chráig mhóir ghairbh ar a cuid méar geal tana. ... Labhair sé. Rudaí amaideacha gan chéill a dúirt sé. Ar scor ar bith, sin an rud a déarfadh an méid agaibh atá anonn in aois dá gcuirinnse síos cuid cainte Éamoinn Ghráinne Duibhe mar a tháinig sí amach as a bhéal. Ach, mar a deir an duine aosta, cibé atá saor caitheadh sé cloch.

'Caithfidh mé a ghabháil chun an bhaile,' arsa Nóra. 'Tá nótaí agam le scríobh fá choinne an lae amáraigh. Is maith duit, 'Éamoinn, nach oide scoile a rinneadh díot i dtús do shaoil. ... Nach deas na seolta iad sin? An í sin bád Chrugaí na Cluaise, mar a deir lucht na leasainmneach?'

Thug Éamonn freagra éigin uirthi fríd a fhiacla. D'imigh sí. D'fhan seisean ansin ar bhruach na mbeann. Ní raibh uchtach aige í a chomóradh go dtí an teach. ... Bhí sí ar shiúl agus ní thug sí faill dó an rud a bhí ar a chroí a rá. Tháinig fearg air leis féin. Chonacthas dó gur cladhaire bocht gan spriolladh a bhí ann. Dá mbeadh sí aige anois ní chuirfeadh sé fiacail sa scéal.

D'inseodh sé i bhfocal amháin di goidé a bhí a dhíth air.

Níor chodail Nóra Ní Cheallaigh mórán an oíche sin. Bhí sí i ngrá le Éamonn. Ba mheasa léi é ná a bhfaca sí riamh. Bhí a fhios aici go raibh sé mar an gcéanna léi. Ach bhí eagla uirthi géilleadh dá croí. Bhí a fhios aici, gan fiú an lae, goidé an aois a bhí ag Éamonn Ghráinne Duibhe. Nach chuici féin a tháinig sé chun na scoile ar ghreim láimhe lena mháthair? Nárbh ise a d'fhoghlaim na litreacha dó? Nárbh í a chuir an Teagasc Críostaí roimhe agus a rinne réidh é fá choinne a chéad chomaoineacha? Nár mhinic a tharraing sí an tslat air nuair a bhíodh sé ag déanamh crostachta? Ní raibh ann ach gasúr lena taobh. Bhí sí fiche bliain ní ba sine ná é. Fá cheann dheich mblian eile bheadh sí ina seanmhnaoi agus bláth na hóige caillte aici. Nár thrua í ansin, dá mbeadh sí pósta air agus fios aici gur chuma leis fá dtaobh di? B'fhéidir gur fuath a bheadh aige uirthi. Ní thiocfadh léi sin a fhuilstin. Rachadh sí ar mire dá mbeadh sí pósta air agus gan aird aige uirthi. Bhéarfadh sí a bhfaca sí riamh ar a bheith ábalta fiche bliain a bhaint dá saol. Nár mhairg a tháinig chun an tsaoil san am a dtáinig sí? Ach goidé an mhaith di a bheith ag gol is ag osnaíl? Dá ngoileadh sí uisce a cinn, mar a dúirt an fear fada ó shin, ní mhillfeadh a cuid deor a oiread agus focal amháin den scríbhinn sin a bhí scríofa ag an tsaol. Ach dá mbíodh sí i dtús a hóige is í a rachadh go lúcháireach chuig Éamonn agus dhruidfeadh a súile eadar a lámha móra garbha.

'Ní rachaidh mé á chóir feasta,' ar sise léi féin. 'Ní thiocfadh liom.' Agus b'fhíor di. Dá gcaitheadh sí mórán ama ina chuideachta, b'fhéidir gur dhoiligh a dhiúltú. Ní raibh an dara dóigh le buaidh a fháil air ach fanacht uaidh.

Ní raibh Éamonn bocht le scaoileadh nó le ceangal, mar a dúirt a mháthair leis. Ní raibh aon lá dá mbíodh sé fá bhaile nach mbeadh sé ar an bhealach nuair a bhíodh Nóra ag teacht ón scoil. Ach bhíodh duine nó beirt de na scoláirí i gcónaí léi, agus ní bhíodh ann ach an t-am de lá a bheannú do Éamonn agus bogadh léi. An fhearg a bhíodh ar Éamonn leis na páistí sin! Gheobhadh sé de chroí na cluasa a tharraingt acu.

Ní raibh a fhios aige goidé a dhéanfadh sé. Sa deireadh scríobh sé leitir agus chuir chuici í. D'agair sé í a theacht agus tamall cainte a dhéanamh leis. D'inis sé di gur mheasa leis í ná Ríocht na Glóire. Dúirt sé nach raibh sé ag dúil go bpósfadh sí é, nó nach raibh sé leathmhaith go leor aici, nach raibh sé ag iarraidh ach achainí amháin, í a theacht agus uair amháin chainte a dhéanamh leis. Ba chuma leis, i dtaca le holc, dá ndiúltaíodh sí é go fiúntach. Ach chonacthas dó gur imir sí cleas tútach air. Cúl a cinn a thiontó leis gan sea nó ní hea a rá!

Nuair a fuair sí an leitir bhí sí ag brath freagra a chur ionsair agus a inse dó goidé mar a bhí. Scríobh sí cupla giota beag agus stróc sí iad. Smaoinigh sí ar amhrán a chuala sí ag Máire Chonnachtach. Dar léi go gcuirfeadh sí ceathrú amháin de chuige agus go dtuigfeadh sé as. Scríobh sí an cheathrú seo:

A Dhónaill, a rún, 's mé rachadh sa tsiúl
    Dá mbeimis i dtús ar n-óige,
Ach nach bhfeiceann tú néalta 'folach na gréine
    's canach an tsléibhe feoite?
D'imigh a' smaolach 'bhí 'seinm ar géag
    Le searc do n-a chéile fáireach,
Tá scamall dubh ceo 'teacht ar chaisleán an óir
    'S ár mbeannacht le glórtha páistí.

Léigh sí an cheathrú cupla uair. Shuigh sí ansin ar feadh tamaill bhig. Bhuail tallann eile í agus stróc sí an méid a bhí scríofa aici agus chaith sí na giotaí uaithi. Nuair ab fhada le Éamonn a bhí sí gan freagra a chur chuige, scríobh sé arís eile. Ach ní raibh gar ann. ... Chonacthas dó gurbh í ba chruachroíthí a tháinig ar an tsaol riamh.

4

'Dia ár sábháil, is millteanach an aicíd í.' Sin a raibh as béal gach aon duine dá raibh ábalta labhairt, an geimhreadh sin a bhí chugainn. Bhí an fliú i ndiaidh titim ar ghleanntáin Thír Chonaill, mar a thit an aicíd ar na preátaí sna gleanntáin chéanna deich mbliana is trí fichid roimhe sin. Bhí gach aon rud go dtí cúig thórramh i gcuideachta a chéile i reilig an Pholláin Lín.

'Agus an gadaí bradach, chomh tógálach léi!' arsa Gráinne Dhubh lena mac. 'Ba cheart coinneáil as a bealach chomh maith agus a thiocfadh le duine. Níl sé maith a bheith ag gabháil ina haraicis.'

Ní raibh Gráinne Dhubh sásta cionn is go deachaigh Éamonn isteach i dteach a raibh duine marbh leis an aicíd ann inné roimhe sin, agus gur chuidigh sé an corp a chur i gcónair.

'Is cuma liom, a mháthair,' arsa Éamonn, 'tá sé iontach cloíte ag cuid fear an bhaile seo, a rá is de gur ar an tsagart a tháinig, agus é ag titim as a chéile, coirp a chur i gcónair agus nach dtugann aon fhear istigh ar an bhaile lámh chuidithe dó. Dá mbíodh m'athair beo ní fhágfadh sé na coirp le cur i gcónair ag an tsagart. Nuair a bhí Peigí Tharlaigh Dhuibh ina luí san fhiabhras shuigh sé naoi n-oíche aici, agus gan inti ach bochtán a bhí ar shiúl ó dhoras go doras.'

'Shuigh, an duine bocht, go dtuga Dia a luach dó,' arsa Gráinne Dhubh. 'Ach, ar ndóigh, thug an duine bocht cnap dá chionn. Ba é sin tús a chuid anáis. Siúd is nár lig sé dada air, níor tharraing sé anál slán go deachaigh sé i dtalamh ina dhiaidh.'

'Agus nach bhfeiceann tú an sagart atá ar shiúl fríothu ó mhaidin go hoíche?' arsa Éamonn. 'Nach mór an truaighe an t-ualach uilig a fhágáil air? Agus nach bhfuil a bheo féin chomh cúramach aigesean le duine ar bith eile?'

''Thaisce,' arsa an t-seanbhean, 'tá cumhachtaí agus rud acu, mar shagairt, nach bhfuil againne.'

I gceann na gcupla lá tháinig an aicíd ar Éamonn.
Bhí sé breá láidir agus níor shíl sé a dhath di ach
oiread le slaghdán. Ní dhéanfadh sí faic air dá bhfan-
adh sé ina luí. Agus d'fhanfadh cupla lá eile murab é
gur cnagadh a mháthair. Agus nuair a chonaic sé go
mb'éigean di an leaba a bhaint amach, dar leis féin go
n-éireodh sé. D'éirigh. Bhí biseach breá air ach go
raibh cineál mearbhalláin ina cheann i ndiaidh na
leapa. Thug sé isteach cliabh móna. Bhain an t-ualach
chuid mhór allais as. D'aithin sé go raibh sé ní ba laige
ná a shíl sé. Thug sé cochán don eallach a bhí ag
búirigh sa bhóitheach. Ansin shuigh sé cois na tine
agus dhearg a phíopa. Ba é seo an chéad toit a chaith
sé le conablach seachtaine. Chonacthas dó nach raibh
an blas ar an phíopa a bhíodh. Ba ghairid gur bhuail
creathanna fuaicht é, agus gur fágadh a chnámha
marbh leis. Bhain sé an leaba amach. Ar maidin an lá
arna mhárach bhí sé ag rámhailligh i bhfiabhras tinnis.

Bhí sé ansin rith an lae agus gan duine le hamharc
air, nó bhí a sheanmháthair ina luí sa tseomra agus a
haire uirthi féin. Le clapsholas cuireadh isteach an
doras agus tháinig beirt bhan aníos an t-urlár gur
sheasaigh siad ag colbha na leapa. Cé a bhí ann ach
Nóra Ní Cheallaigh agus Bríd Bheag Shéamais Ruaidh.
Chuir siad deis ar an éadach leapa agus thug bean acu
deoch don fhear a bhí ina luí.

I dtrátha leath am luí tháinig an dochtúir. Chroith
sé a cheann mar bheadh fearg air. Nuair a chuaigh sé
amach arís bhí an bheirt bhan sna sála aige.

'Goidé do bharúil de, a dhochtúir?'

'Tá, go bhfuil eagla orm nach bhfuil sé inleighis.
Is bocht an scéal é agus leath a bhfuair bás sa phobal
gurbh iad ba chiontaí. Agus gurb é tús agus deireadh
mo chomhairle dóibh gan an leaba a fhágáil go dtug-
ainnse cead dóibh. ... Cuirfidh mé anuas an sagart
ach mé a ghabháil chun an bhaile.'

Eadar sin is meán oíche tháinig an sagart. Thug sé
friothálamh na hEaglaise do Éamonn. Tugadh suas

chun an tseomra é, an áit a raibh an tseanbhean ina
luí.

'Goidé mar tá tusa?' arsa an sagart.

'Órú, 'shagairt,' ar sise, 'nach cuma liom goidé mar
tá mé, agus nach cuma domh é agus mo leanbh ag fáil
bháis? A shagairt, leigheasaigí mo leanbh, agus gan
agam ach é.'

'Ó, ní bheidh a dhath air,' arsa an sagart.

'Ní bheidh ó dúirt sibh é,' arsa Gráinne Dhubh. 'Tá
a fhios agam go dtig libh a leigheas.'

Cupla lá ina dhiaidh seo, eadar meán oíche is lá,
nuair a bhí an sruth trá ag gabháil amach an barra
agus gealach fhuar gheimhridh ag éaló siar in aice na
mara, fuair Éamonn Ghráinne Duibhe bás. Bhí beirt
bhan ag colbha na leapa gur fhág an anál é. Dúirt siad
an Gníomh Dóláis gur shíothlaigh sé. Ansin dhruid
siad a bhéal agus a shúile. Chíor siad a ghruaig chatach
dhubh agus chuir stríoc inti ar thaobh a chinn mar a
bhíodh inti nuair ba ghnách leis a ghabháil síos an
dumhaigh Domhnach samhraidh. Chuir siad a choróin
Mhuire eadar a mhéara, agus a lámha trasna ar a
bhrollach. Ansin chuir siad braillín gheal anuas ar an
chorp agus shuigh an bheirt ar dhá thaobh na tineadh.

B'fhada an oíche í, agus ba rófhada. Dhóigh an tine
ina luaith. Bhí an ghaoth ag éagaoin go léanmhar sa
tsimléir. Bhí, mar a bheadh leanbh ann a bheadh ar
seachrán sa chnoc le coim na hoíche. ... Sa deireadh
thoisigh an coileach a scairtigh. Tháinig dath liathbhán
ar ghloine na fuinneoige. Ghlan an lá. Tháinig dath
buí ar sholas an lampa a bhí crochta ar thaobh na
fuinneoige. Níor smaoinigh ceachtar acu ar a chur as.

Nuair a d'éirigh an ghrian thug Bríd Bheag léi stópa
agus d'imigh sí síos go tobar an chladaigh fá choinne
uisce. Ba mhaith le máistreás na scoile gur fágadh léi
féin í tamall go gcaoineadh sí a sáith. Ba lách dea-
chroíoch an cailín Bríd Bheag! Ach ina dhiaidh sin
níor mhaith léi Bríd a feiceáil ag caoineadh. Chuaigh

sí anonn go colbha na leapa. Chumail sí a lámh do
cheann dubh gruaige an mharbhánaigh. Chrom sí anuas
agus phóg sí a éadan. Agus, a Dhia, nárbh fhuar é?
Chaoin sí a sáith. Bhí dúil aici nach mbeadh a deifre
ar ais ar an mhnaoi a chuaigh fá choinne an uisce.

Rud nach raibh. Nuair a fuair Bríd Bheag í féin
thíos cois an chladaigh, agus gan fá dtaobh di ach
uaigneas na mbeann mara, chaoin sí agus chaoin sí
agus chaoin sí.

I gceann na seachtaine bhí Nóra Ní Cheallaigh ina
luí san aicíd. Agus bhí Bríd Bheag ag colbha a leapa
ag tabhairt aire di.

'Tá a fhios agam, a Bhríd,' ar sise, 'nach n-éirím
choíche. D'fhan mé i mo shuí rófhada. D'aithin mé an
aicíd i mo chnámha an lá a bhí Éamonn bocht marbh.'

'Ó, 'Dhia, a mháistreás, ná habair sin,' arsa Bríd.

'Siúd mar atá, a leanbh,' arsa Nóra. 'Agus anois
bhí ag guí ar mo shon. Nach mbeidh?'

Tháinig tocht ar Bhríd. Smaoinigh sí ar an uair a
bhí sí ina tachrán bheag ar an scoil, agus ba ghnách
leis an mháistreás í a chur ar a glún agus a méara a
chur fríd a cuid duailín fionnrua, agus a bheith ag
comhrá léi fána bábóig.

Ansin d'inis Nóra scéal rúin, scéal nár scil sí le
duine ar bith eile riamh roimhe. Agus d'éist Bríd leis
go foighdeach. 'Agus, a Bhríd, abair leo mo chur aige,
agus bí ag guí ar ár son ár mbeirt. Is gairid go mbí mé
aige. ... Tá dúil agam go dtabharfaidh sé maithiúnas
domh. Ach bhéarfaidh.'

Lá Nollag sin a bhí chugainn chuaigh Bríd Bheag
chuig an Aifreann luath. Bhí sé dorcha nuair a d'fhág
sí an baile, ach bhí spéartha an lae ag nochtadh nuair
a tháinig sí go teach an phobail. Bhí an sneachta ag
titim ina bhratóga éadroma geala ar an bhealach mhór
agus ar na tithe agus ar na huaigheanna a bhí sa reilig
ag taobh theach an phobail. Chuaigh Bríd anonn go

coirnéal na reilige, go dtí áit a raibh dhá uaigh sínte
le chéile. Choisric sí í féin agus dúirt sí cúig paidreacha
agus cúig Áibhe Máiria agus Cré—níor dhúirt si riamh
ní ba lú—os a gcionn. Sheasaigh sí ansin ar feadh
tamaill. Ba ghairid go raibh brat éadrom bán ar na
huaigheanna, mar a spréifí braillín orthu. Bhí marbh-
sholas i dteach an phobail. Thoisigh an lá a ghlanadh.
Tháinig seanduine anuas an Bealach Garbh agus é
breac bán le sneachta agus greim aige lena láimh ar
chába a chasóige, á coinneáil druidte ag a sceadamán.
Bhí beirt bhan agus a gcuid cótaí fána gceann, bhí sin
ag teacht aníos ó mhuineál na Reannacha Gairbhe. . . .
Thug Bríd Bheag a haghaidh ar dhoras theach an
phobail.

    'Nach méanair di,' ar sise léi féin, 'ina luí ansin ag
a thaobh!'

GRÁSTA Ó DHIA AR MHICÍ

1

Tháinig am na lánúineach agus ba mhaith le Conall Pheadair Bhig bean aige. Ní bheadh sé rófhurast cleamhnas a dhéanamh dó, nó duine a bhí ann nach deachaigh mórán amach fríd dhaoine riamh. Ní théadh sé chun an Aifrinn ach uair amháin sa bhliain, agus ba sin Lá Fhéil' Pádraig. Mura dtéadh féin, chan díobháil creidimh a bhí air ach díobháil éadaigh. Ní fhacthas riamh culaith fhiúntach éadaigh air mar a tífeá ar dhuine eile. Ní bhíodh air ach bratóga beaga saora a cheannaíodh a mháthair dó ar na haontaí. Agus chasfaí cuid mhór ort a déarfadh dá gcuirtí an chulaith ba deise a rinneadh riamh air go sínfeadh sé é féin sa ghríosaigh inti agus a dhroim leis an tine.

Ach, ar scor ar bith, ba mhaith leis bean aige. Agus, ar ndóigh, chan achasán atá mé a thabhairt faoi sin dó. Níl mé ach ag inse gur mhaith leis aige í. Agus bhí sé ag brath í a bheith aige roimh an Inid sin a bhí chugainn. Anois, bhí dhá rud de dhíth air—bean agus bríste. Ní raibh aon snáithe ar an duine bhocht ach seanbhríste a bhí lán poll agus paistí, agus greamanna de shnáth chasta agus de shnáth olla agus den uile chineál snátha ón bhásta go dtí barr na n-osán.

'A mháthair,' arsa Conall lena mháthair, i ndiaidh a inse di go raibh rún aige a ghabháil chuig mnaoi, 'cha dtiocfadh leat luach bríste a thabhairt domh?'

'Ní thiocfadh liom, a mhic,' ar sise. 'Níl aon phingin rua faoi chreatacha an tí ach airgead na ngearrthach. Agus caithfidh mé sin a chur le Méaraí Pheigí Teamaí amárach chun an Chlocháin Léith. An bhfuil an bhean agat? Má tá, ba chóir go rachadh agat bríste a fháil ar iasacht.'

'Tá náire orm,' arsa Conall, 'a ghabháil a dh'iarraidh iasacht bríste a phósfas mé.'

'Ní bhíonn fear náireach éadálach,' arsa an mháth-
air. 'Is iomaí fear chomh maith leat a pósadh sna
hiasachtaí. Gabh amach a chéaduair agus faigh bean,
agus nuair a bheas sí agat gabh chuig Simisín 'Ac
Fhionnaile, agus iarr iasacht bríste air. Tá Simisín agus
mé féin ag maíomh gaoil ar a chéile, agus má tá dáimh
ar bith ann ní dhiúltóidh sé thú.'

'Má chaithim a ghabháil a dh'iarraidh na n-iasacht,'
arsa Conall, 'nach fearr domh an bríste a iarraidh a
chéaduair, ar eagla, nuair a gheobhainn an bhean, go
bhfágfaí i mo shuí ar mo thóin mé de dhíobháil bríste?'

'Nach mbeadh sé lán chomh holc,' arsa an mháthair,
'dá bhfaightheá an bríste agus dá bhfágthaí i do shuí
ar do thóin thú de dhíobháil mná? Ach agat féin is
fearr a fhios, creidim.'

Duine beag cneasta bláfar a bhí i Simisín 'Ac
Fhionnaile. Agus bhí rud aige nach raibh ag mórán
eile ach é féin. Bhí, trí bhríste. Bríste Domhnaigh,
bríste chaite gach aon lae, agus bunbhríste. Ba é an
bunbhríste a thug sé ar iasacht do Chonall Pheadair
Bhig. 'Cuir cupla dúblú i gceann na n-osán,' ar seisean,
'nó níl tú chomh fada sna cosa liomsa. Agus anois,
ádh mór ort.'

'Tá an bríste agam,' arsa Conall leis féin. 'Níl de
dhíobháil orm anois ach an bhean.'

Bhí cailín ar an bhaile a raibh a shúil aige uirthi,
mar a bhí Sábha Néill Óig. Is minic a casadh air í agus
chonacthas dó gur dheas an cailín í, ach ní bhfuair sé
uchtach riamh gnoithe pósta a chur ina láthair.

Ach, ar ndóigh, ní raibh feidhm air sin a dhéanamh.
Chuirfeadh sé teachtaire chuici, an rud a níodh cuid
mhór de chuid fear Cheann Dubhrainn. Chuaigh sé
chun comhrá le Micí Sheáinín Gréasaí. Buachaill brisc-
ghlórach aigeantach a bhí i Micí, agus bhí sé iontach
geallmhar ar Shábha Néill Óig.

'A Mhicí,' arsa Conall, 'tá mé ag smaoineamh a
ghabháil chuig mnaoi.'

'Tá an t-am de bhliain ann, a bhráthair,' arsa Micí.

'Ba mhaith liom dá n-iarrthá thusa an bhean domh,' arsa Conall.

'Iarrfad agus míle fáilte,' arsa Micí. 'Fágfaidh mise socair thú, a chailleach, agus beidh oíche mhór againn ar do bhainis nach raibh a leithéid sna Rosa le cuimhne na ndaoine. Cé chuici a bhfuil tú ag brath a ghabháil?'

'Tá, maise, cailín beag lách atá i mo shúile le fada— Sábha Néill Óig.'

'Sábha Néill Óig!' arsa Micí, agus iontas an domhain air. Baineadh as é. Nárbh í sin an bhean a raibh rún aige féin a ghabháil chuici? Nach mbeadh port buailte air dá n-imíodh sí le fear eile air? Níor mhaith le Micí pósadh go ceann chupla bliain eile. Bhí eagla air, dá bpósadh, go bhfágfadh a athair ar an ghannchuid é. Agus ansin, bhí eagla air go mb'fhéidir go raibh a oiread den tseaneagnaíocht ag Sábha agus, dá dtigeadh fear eile thart eadar an dá am, go santódh sí éan ina dorn de rogha ar dhá éan sa choill.

'Is fearr duit bean inteacht eile a fhéacháil,' arsa Micí. 'Cluinimse go bhfuil lámh is focal eadar Sábha Néill Óig agus Pat Rua as Mulla na Tulcha. Agus níor mhaith duit do dhiúltú. Sin an rud is measa a d'éirigh d'aon fhear riamh. Nó an bhean a bheadh ar bharr a cos ag gabháil leat anocht, ní amharcódh sí sa taobh den tír a mbeifeá san oíche amárach ach fios a bheith aici gur diúltaíodh thú. Chan tusa sin ach fear ar bith eile chomh maith leat. Tá ciall iontach ag na mná. Chaithfeadh bean acu seacht saol díomhaoin sula nglacadh sí fuíoll mná eile. Dá mba mise thú ní bhuairfinn mo cheann le Sábha Néill Óig. Ach an bhfuil a fhios agat cailín nach eagal di do dhiúltú? Agus cailín atá inchurtha le Sábha Néill Óig lá ar bith sa bhliain, mar atá, Róise Shéamais Thuathail i gCró na Madadh. Tá giota beag lách talaimh ansiúd, agus is léi a thitfeas sé. Agus an gcreidfeá mé gur minic a chuala mé í ag caint ort?'

'Níl dúil agam inti,' arsa Conall.

'Bhail, Méabha Mhánuis Duibh?' arsa Micí.

'Seo,' arsa Conall, 'mura bhfuil tú sásta Sábha Néill Óig a iarraidh domh gheobhaidh mé fear inteacht eile a dhéanfas mo theachtaireacht.'

'Ó, rachaidh mise, cinnte, a Chonaill,' arsa Micí. 'Ní raibh mé ach ag cur ar do shúile duit go raibh contúirt ort go ndiúltófaí thú.'

'Maith go leor,' arsa Conall, 'rachaidh mé síos anocht chuig Eoghan Beag go bhfaighe mé buidéal poitín, agus bí ar do chois san oíche amárach in ainm Dé.'

An oíche arna mhárach d'imigh Micí ag tarraingt tigh Néill Óig. Chaithfeadh sé an teachtaireacht a dhéanamh. Mura dtéadh seisean b'fhurast do Chonall fear a fháil a rachadh. Agus dar le Micí nach raibh an dara bealach éalaithe ann ach é féin a ghabháil sa teachtaireacht, agus dá bhfeiceadh sé go raibh contúirt ar Shábha Conall a ghlacadh, go n-iarrfadh seisean dó féin í, déanadh a athair a rogha rud leis an talamh ina dhiaidh sin.

Ar a theacht isteach tigh Néill Óig dó, ar ndóigh, cuireadh fáilte charthanach roimhe.

'Seo dhuit, dearg é seo,' arsa Niall Óg.

'Níor cheart dúinn labhairt leis,' arsa bean an tí. 'Thréig sé sinn le fada an lá.'

'Tá mé ag teacht chugaibh le scéal greannmhar anocht,' arsa Micí, agus rinne sé draothadh de gháire dhrochmheasúil, ag iarraidh chomh beag agus ab fhéidir a dhéanamh den teachtaireacht a bhí eadar lámha aige. 'Chuir fear anseo anocht mé dh'iarraidh mná.'

Chuaigh Sábha a chur mónadh ar an tine.

'An bhfuil dochar a fhiafraí cén fear?' arsa bean an tí.

'Maise, creidim nach bhfuil,' arsa Micí. 'Níl mise ach ag déanamh teachtaireachta. Agus caithfidh duine teachtaireacht a dhéanamh corruair.'

Rinne sé gáire eile. 'D'iarr mise air ciall a bheith

aige agus cromadh ar a mhacasamhail féin eile. Ach
ní raibh gar domh a bheith leis ... An duine bocht,
mura n-athraí sé béasa níl mórán gnoithe le mnaoi
aige.'

'Cén fear é?' arsa bean an tí.

'Ní thomhaisfeá choíche é,' arsa Micí. 'Conall
Pheadair Bhig.'

'Ba cheart dó a bheith críonna dá leanadh sé a
dtáinig roimhe,' arsa bean an tí.

'Bhail anois,' arsa Micí, 'ní mise ba chóir a rá, ach,
ina dhiaidh sin, an fhírinne choíche. Tá sé iontach
falsa: tá cuid dá chuid preátaí le baint go fóill aige.
Agus rud eile, ach nach mbeinn ag caint air, tá sé
tugtha don ghloine. Dhíol sé colpach an t-aonach seo a
chuaigh thart agus níor stad sé gur ól sé an phingin
dheireanach dá luach, é féin agus scaifte tincléirí. Bhí
sé ar na cannaí tráthnóna, agus bhuail sé Séamas an
Ruiséalaigh le builTe de bhata.'

'Níor bhuail gur baineadh as é,' arsa Sábha.

'Níl agamsa ach an rud a chuala mé,' arsa Micí.
'Tarlach Mhéibhe Báine a dúirt liom go bhfaca sé é,
agus chonacthas domh gur chloíte an rud dó bata a
tharraingt ar sheanduine.'

'Ní scéal scéil atá agam air,' arsa Sábha. 'Bhí mé i
mo sheasamh ann. Séamas a chuir troid air agus gan é
ag cur chuige nó uaidh. Bhí sé iontach dímúinte, mar
Shéamas. Mo sheacht ngáirbheannacht ar Chonall é
a bhualadh.'

'Bhail, b'fhéidir gur mar sin a bhí,' arsa Micí. 'Mar
a dúirt mé, níl agamsa ach mar a chuala mé. Is annamh
a théim chun an aonaigh. Ní théim ach nuair a bhíos mo
ghnoithe ann. Ach, ar scor ar bith, níl mórán teacht
i dtír sa duine bhocht. Níor mhaith liomsa a dhath a
rá leis. Ach tógadh sa doras agam é agus tá a fhios
agam nach bhfuil maith ag obair ann. Ní chuireann sé
spád i dtalamh bliain ar bith go dtige lá an Aibreáin.'

'Maise, níl a fhios agam cé a rómhair an cuibhreann
fiaraigh atá faoin teach aige,' arsa Sábha.

Dar le Micí, seo scéal iontach. Sábha á chosaint! Smaoinigh sé anois gur thoisigh sé ar an scéal ar an dóigh chontráilte, gurbh fhearr ligean air féin a chéaduair gur chuma leis cé acu a ghlacfadh Sábha Conall Pheadair Bhig nó a dhiúltódh sí é. Ach dá mba i ndán is go nglacfadh sí é!

'Cad é bhur mbarúilse?' ar seisean leis an tseanlánúin.

'Ní chuirfimidne chuici nó uaithi,' arsa an seanduine. 'Í féin is cóir a bheith sásta, ós aici atá a saol le caitheamh ina chuideachta.'

Ní raibh uchtach ag Micí an scéal a chur ní b'fhaide. Bhí an cluiche caillte aige. Chaithfeadh sé Sábha a iarraidh dó féin anois nó í a ligean le fear eile.

'Bhail,' ar seisean, 'tá sé chomh maith an fhírinne a dhéanamh agus an greann a fhágáil inár ndiaidh. Domh féin atá mé ag iarraidh na mná.'

Níor labhair aon duine.

Bhí Sábha ag cardáil. Thóg sí tlámán olla agus thoisigh sí á chur ar chár an charda, mar nach mbeadh baint ag an chomhrá léi.

'Caithfidh na daoine a bheith ag déanamh grinn corruair,' arsa Micí, nuair a fágadh ina thost é.

'Shíl mé nach raibh rún pósta agat go fóill,' arsa an tseanbhean.

'Ní ligeann duine a rún le héanacha an aeir ar na saolta deireanacha seo,' arsa Micí.

'Bhail,' arsa an seanduine, 'mar a dúirt mé cheana féin, ní rún dúinne a ghabháil idir í féin agus a rogha. Goidé a deir tú, a Shábha?'

'Maise,' arsa Sábha, 'ní bheinn gan féirín agam, fear a bheadh ag ithe na comharsan. Ar chuala aon duine riamh a leithéid de chúlchaint ar an bhuachaill bhocht chneasta nár choir is nár cháin? Is beag is lú orm ná baint an chraicinn den chomharsain.'

'Seo,' arsa an mháthair, 'stad den tseanmóir agus abair rud inteacht de dhá rud.'

'Maise, ní raibh rún ar bith pósta agam i mbliana,' arsa Sábha.

'Seo,' arsa an t-athair, 'abair cér bith atá le rá agat.'

'Bhail,' ar sise, go míshásta i gcosúlacht, 'caithfidh mé faill a fháil culaith éadaigh a fháil. Cad chuige nár chuir tú scéala chugam go raibh tú ag teacht? Ar ndóigh, ní dhéanfadh sé spuaic ar do theanga.'

Bhí an méid sin socair. Ar maidin lá arna mhárach bhí ábhar cainte ag seanmhná na mbailte. Bhí, chomh maith agus a bhí acu lena gcuimhne. Conall Pheadair Bhig a chuir Micí Sheáinín Gréasaí dh'iarraidh mná, agus d'iarr Micí an bhean dó féin.

I gceann na seachtaine pósadh an lánúin. D'imigh Conall Pheadair Bhig agus d'ól sé a sháith, agus nuair a bhí sin déanta aige níor stad sé gur bhain teach na bainise amach gan chuireadh gan chóiste. Chuaigh sé isteach agus shuigh sé i dtaobh an tí. Ba ghairid gur éirigh sé ina sheasamh. Bhí a shúile leathdhruidte agus a cheann ag titim ar a ghualainn. Thug sé cupla coiscéim corrach aníos in aice na tineadh. Chaithfeadh seisean Sábha a fheiceáil, go bhfeiceadh sé cad chuige a dearn sí a leithéid seo de chleas. Agus chaithfeadh sé cupla focal a labhairt le Micí Sheáinín Gréasaí! D'imigh an lánúin chun an tseomra as an chosán aige, agus thoisigh fear an tí dh'iarraidh ciall a chur ann.

'Tá mise mé féin chomh maith le mac Sheáinín na seanbhróg,' arsa Conall.

'Is beag a bhéarfadh orm a ghabháil síos agus a mhuineál a bhriseadh ar leic an dorais,' arsa Micí le Sábha.

'Ó, a Mhicí,' arsa Sábha, ag cur a cuid lámh thart air, 'ar ndóigh, ní thabharfá do chiall i gceann chéille an mharla sin! Bheifeá náirithe choíche do lámh a fhágáil thíos leis. Níl cuid bhuailte sa tsompla bhocht.'

'Murab é go bhfuil sé ar meisce,' arsa Micí, 'bhéarfainn tochas a chluaise dó, bhéarfainn sin.'

'Ar meisce nó ina chéill é, ní fiú duit labhairt leis,' arsa Sábha. 'Nach bhfuil a fhios agat féin agus ag 'ach

aon duine eile go bhfuil lear ar an duine bhocht? Ar
ndóigh, dá mbeadh ciall aige ní iarrfadh sé mise le
pósadh, an sreamaide bocht!'

'Maise, ba dúthrachtach a chuaigh tú ar a shon an
oíche sin,' arsa Micí.

'Tá, bhí a oiread mire orm leat cionn is gur shamh-
ail tú go nglacfainn é agus go gcuirfinn i d'éadan, ba
chuma goidé a déarfá. Cuireann sé fearg orm go fóill
nuair a smaoiním go gcuirfeá síos domh go bpósfainn
an dobhrán bocht sin thíos, dá mbeadh gan aon fhear
a bheith ar an domhan ach é féin.'

'Seo anois, a stór, nach bhfuil sin thart?' arsa Micí.

2

Cúig bliana ón am sin bhí Micí Sheáinín Gréasaí ar
leaba an bháis. Bhí Sábha thart fán leaba ag tabhairt
aire dó agus í ag borrchaoineadh agus ag mairgnigh.
Nuair a tháinig m'athair isteach le cliabh mónadh, agus
bhuail sé i dtaobh an tí é, níor labhair Sábha leis. Ach
níor chuir sin iontas ar bith ar m'athair. Bhí a fhios
aige go raibh a bun is a cíoradh uirthi. Nuair a tháinig
mo mháthair isteach agus buidéal an bhainne léi níor
labhair Sábha ach oiread. D'fhág mo mháthair an
bainne ar urlár an dreisiúir agus tháinig aníos chun
na tineadh.

'Goidé mar a chuir sé isteach an oíche aréir?' ar sise
le bean an tí.

'Ó, 'rún, chuir go beag de mhaith,' arsa Sábha,
agus bhris an gol uirthi. 'Micí bocht!' ar sise trí
smeacharnaigh, 'is air a tháinig a sháith an iarraidh
seo.'

Tháinig Conall Pheadair Bhig isteach.

'Goidé mar tá sé inniu?' ar seisean.

'Leoga, a Chonaill, a thaisce,' arsa Sábha, 'tá go
cloíte.' Agus, má dúirt féin, b'fhíor di. An oíche sin
fuair Micí bás.

Chruinnigh lán an tí isteach chun na faire. Thug Conall Pheadair Bhig cochán don eallach agus thug sé isteach móin. Chuaigh cupla duine eile chun an tsiopa fá choinne tobaca agus píopaí, agus cóiríodh an teach fá choinne na faire.

'A Chonaill,' arsa an bhaintreach, 'cuir thusa thart an tobaca. Agus cuir thart go fial fairsing é, agus caitheadh siad a sáith de os cionn chroí na féile. Nó, leoga, ba é sin é,' ar sise, agus suas go colbha na leapa léi agus thoisigh sí a chaoineadh.

D'éirigh seanbhean chreapalta liath—máthair an fhir a bhí ar lár—agus chuaigh anonn chun na leapa agus thoisigh a chaoineadh fosta. Gheofá cuid a déarfadh nach raibh maith sa tseanbhean ag caoineadh, nó nach raibh aici ach na cupla focal. 'Óch óch agus óch óch, a leanbh, go deo deo deo!' Ach níorbh é sin do Shábha é. Chluinfeá ise míle ó bhaile. 'Órú, a Mhicí, agus a Mhicí,' a deireadh sí, 'is ort atá an codladh trom anocht. Is iomaí uair aréir a d'fhiafraigh tú díom an raibh sé de chóir an lae, ach is cuma leat anocht. Órú, ba é sin an lá dubh domhsa. A Mhicí, is leat ba doiligh luí ar chúl do chinn lá an earraigh dá mba ar do mhaith a bheadh ... Fán am seo aréir d'iarr tú deoch, ach níl tart ar bith anocht ort. A Mhicí, goidé a rinne tú orm ar chor ar bith? Órú, a Mhicí, do leanbh agus do leanbh, agus é ag fiafraí an bhfuil i bhfad go musclaí a athair! Ach is fada dó a bheith ag fanacht leat do shúile a fhoscladh.'

Chuir Conall Pheadair Bhig thart neart tobaca dhá oíche na faire. Thug sé isteach móin sa lá agus rinne sé cuid mhór timireachta fán teach.

'Anois, duine beag maith Conall Pheadair Bhig,' arsa m'athair le mo mháthair. 'Agus duine beag gan cheilg. Is iomaí a leithéid nach dtiocfadh ar amharc an tí. Ach, ar ndóigh, is é is fearr a rinne é, ó tharla an chiall sin aige.'

'M'anam, a Fheilimí, go mb'fhéidir go bhfeicfeá ag a chéile go fóill iad,' arsa mo mháthair. 'Ní raibh sí ag tabhairt fá dear aon duine an lá fá dheireadh nuair a bhí mé ann leis an bhainne, bhí an oiread sin buartha uirthi. Ach dá bhfeictheá chomh cineálta agus a bheannaigh sí do Chonall as measc an scaifte.'

'Is agat riamh a gheofaí an scéal a mbeadh an craiceann air,' arsa m'athair.

'Siúd an fhírinne,' arsa mo mháthair.

Tháinig lá an tórraimh. Tugadh an corp chun na reilige agus cuireadh é. Chuidigh Conall Pheadair an uaigh a líonadh. Bhuail sé na scratha glasa le cúl na spáide agus dhing lena chois iad thart fá bhun na croise. Chaoin Sábha go bog binn.

'Seo, a Shábha, tá do sháith déanta,' arsa bean na comharsan. 'Níl sé maith daonán a dhéanamh. Éirigh agus siúil leat chun an bhaile.'

Bhíodh Sábha i gcónaí ag caint ar an fhear a d'imigh. Bhí cuimhne aici ar na háiteacha a shiúil sé ina cuideachta agus ar na rudaí a dúirt sé léi. Théadh sí amach ar maidin agus chaoineadh sí chomh hard agus a bhí ina ceann. D'fhéach cuid de na comharsana cupla uair le ciall a chur inti.

'Níl sé maith agat a bheith ag caoineadh mar atá tú,' arsa Siúgaí Ní Bhraonán lá amháin. 'Chan fhuil tú ag smaoineamh go dtiocfadh leis an scéal a bheith níos measa. Tá tú breá láidir, agus tú i dtús do shaoil agus gan de chúram ort ach an gasúr beag sin, slán a bheas sé. Is iomaí baintreach ba mhó i bhfad a raibh ábhar caointe aici ná atá agat. Is iomaí sin.'

'Órú, nach glas is fiú domh mo sháith a chaoineadh?' arsa Sábha. 'Agus nach cuma domh feasta goidé a éireos domh ó chaill mé an fear ab fhearr a bhí ag aon bhean riamh?'

Ba é an dara rud a rinne Siúgaí ruaig a thabhairt siar tigh Sheáinín Gréasaí. Bhí an tseanlánúin ina suí os cionn beochán tine agus cuma bhrúite orthu.

'Tá mé i ndiaidh a bheith thíos ansin ag Sábha bhocht,' arsa Siúgaí, 'agus tá an créatúr iontach buartha. Ach, ar ndóigh, a ábhar sin atá aici.'

'Ó, sin féin an buaireamh atá taobh amuigh dá ceirteach,' arsa an tseanbhean. 'Mo leanbh, is mairg dó a chuir é féin chun na cille ag iarraidh droim díomhaoin a thabhairt di. Dá dtugadh sé aire dó féin, agus gan leath a dhéanamh de féin agus leath den tsaol, ní bheadh sé faoi na fóide inniu. Ach ní ligfeadh sí dó aire a thabhairt dó féin. Anois tá sí ag caoineadh. Tháinig an ailleog riamh go réidh lena dream—lucht na ngruann tirim. Ach is againne atá ábhar an bhuartha. Is againn sin.'

3

Seachtain ina dhiaidh sin tháinig Conall Pheadair Bhig a dh'airneál chuig Sábha.

'Tháinig mé a thógáil cian díot,' ar seisean.

Bhris an caoineadh uirthise.

'A Chonaill, a Chonaill,' ar sise, 'níl Micí romhat anocht le labhairt leat. Dá mbeadh, ba air a bheadh an lúcháir romhat. Nó ba mhinic ag caint ort é.'

'Seo,' arsa Conall, 'níl maith a bheith ag caoineadh.'

Is é rud a tháinig racht níos tréine uirthi. 'Órú, a Chonaill, is réidh agat é,' ar sise, agus d'amharc sí air go truacánta.

''Bhfuil a fhios agat,' arsa Conall, 'goidé a bhí an Sagart Mór Ó Dónaill a inse do mo mháthair nuair a bhí m'athair bocht, grásta ó Dhia air, i ndiaidh bás a fháil? Tá, d'iarr sé uirthi stad den daonán nó go mb'fhéidir gur dochar a bhí sí a dhéanamh don anam a d'fhág an cholainn. Dúirt sé go gcoinníonn barraíocht an chaointe as a bhfáras na créatúir.'

'Is mairg a choinneodh an duine bocht bomaite amháin as a fháras,' arsa Sábha.

'Bí ag guí ar a shon,' arsa Conall. 'Sin an rud is fearr dó féin agus duitse.'

'Dá mbeadh airgead agam,' ar sise, 'chuirfinn tumba os a chionn.'

'Tá sé curtha in áit dheas,' arsa Conall.

'Tá dá mbeadh deis bheag curtha ar an uaigh,' arsa Sábha. ''Bhfuil a fhios agat cad é ba mhaith liom a dhéanamh amach anseo nuair a thiocfas an samhradh? Tá, lasta de ghaineamh sligeán agus dornán de chlocha doirlinge a thabhairt aníos as Oitir an Dúin Mhóir agus an uaigh a chóiriú.'

'Beidh mise leat leis an bhád am ar bith ar mian leat é,' arsa Conall. 'Ach caithfimid a ghabháil go hOileán Eala fá choinne na gcloch.'

Maidin dheas shamhraidh agus cuid bád Cheann Dubhrainn ag gabháil a dh'iascaireacht. Bhí feothan deas gaoithe anuas ó na sléibhte agus tuairim is ar uair tráite ag an lán mhara. Tháinig bád amach as an chaslaigh agus gan inti ach beirt—Conall agus Sábha. Bhí bád Mhicheáil Thaidhg ag teacht anuas ina ndiaidh.

'Níl a fhios agam cén bád í sin síos romhainn?' arsa fear den fhoireann.

'Tá, bád Pheadair Bhig, más ar Pheadar is cóir a maíomh, grásta ón Rí ar an duine bhocht,' arsa fear eile.

'Agus cé sin ar an stiúir?'

'Tá, Conall.'

'Níl a fhios agam cén bhean atá leis?'

'Shílfeá gur cosúil uaidh seo í le Sábha Néill Óig. Agus is í atá ann gan bhréig.'

Stad siad de chaint ansin, nó bhí siad ag teacht ródheas do bhád Chonaill.

'Tá maidin mhaith ann,' arsa fear na stiúrach, nuair a bhí siad ag gabháil thart le bád Chonaill.

'Maidin mhaith, go díreach,' arsa Conall.

'Maidin ghalánta, míle altú do Dhia,' arsa Sábha.

Nuair a bhí foireann Mhicheáil Thaidhg giota tharstu thoisigh an comhrá acu arís.

'M'anam,' arsa Niall Sheimisín, 'go bhfuil aigneadh baintrí ag teacht chuig Sábha cheana féin.'

'Tá, leabhra,' arsa Frainc Beag.

'Ag gabháil fá choinne clocha doirlinge le cur ar uaigh Mhicí atá siad,' arsa Donnchadh Mór.

'Char dhóiche liomsa an Cháisc a bheith ar an Domhnach ná tífidh sibh deireadh greannmhar ar uaigh Mhicí,' arsa Liam Beag. 'Mo choinsias go bhfuil saol greannmhar ann ar an bhomaite. Ná faigheadh aon duine bás fad is a thig leis fanacht beo.'

'Breast tú, a Liam,' arsa Micheál Thaidhg.

'Bain an chluas den leiceann agamsa,' arsa Liam, 'mura bhfeice tú pósta ceangailte iad roimh bhliain ó inniu.'

'I ndiaidh chomh cráite agus a chaoin sí ina dhiaidh?' arsa Micheál.

'Mar a dúirt an tseanbhean,' arsa Liam, 'bhí barr-aíocht cheoil ina cuid caointe.'

Chuaigh Conall agus Sábha go hOileán Eala agus thóg siad na clocha doirlinge agus an gaineamh. Nuair a tháinig siad ar ais go béal an bharra d'fheistigh siad an bád, ag brath fanacht le sruth líonta.

Thug siad leo a gcuid mónadh agus an bia, chuaigh amach ar Oileán Bó agus las tine. Thug Conall canna uisce as sruthán fíoruisce a bhí sa chladach, agus thoisigh an chócaireacht acu. Ba deas agus ba ródheas an tráthnóna a bhí ann. Bhí an ghrian ag cur lasrach ¡ ngnúis na mara siar go bun na spéire, agus ar an taobh eile ag cur loinnir chorcair sna sléibhte a bhí isteach uathu. Rinne Sábha réidh an bia agus shuigh siad ina mbeirt ar an fhéar go dearn siad a gcuid.

'An bhfaca aon duine riamh a leithéid de thráthnóna?' arsa Conall. 'Míle buíochas do Dhia ar a shon.'

'Nár dheas an áit an t-oileán seo le bheith i do chónaí ann?' arsa Sábha.

'Ba deas, dá mbeadh an bhliain uilig ina samhradh,' arsa Conall.

Le luí na gréine tháinig siad aníos go Ceann Dubhrainn leis an tsruth líonta.

'Feisteoimid anseo sa chaslaigh go maidin í,' arsa

Conall, 'agus rachaimid suas chun na reilige léi le lán mara na maidine, beo slán a bheimid.'

Chuaigh. Chóirigh Conall an uaigh go deas leis an ghaineamh. Rinne sé cros de chláraí fáchan uirthi agus chuir sé na clocha doirlinge thart leis na himill aici.

'Maise, go saolaí Dia thú agus go lige Sé do shláinte duit,' arsa Sábha, 'tá obair dheas déanta agat.'

'Níl aon uaigh istigh sa reilig inchurtha léi,' arsa Conall. 'Ach caithfidh mé amharc uirthi ó am go ham. Siabfaidh gaoth an gheimhridh cuid mhór de ar shiúl.'

'Gabh isteach go ndéana mé bolgam tae duit,' arsa Sábha, nuair a bhí siad ar ais ag an teach s'aicise.

'Ó, is cuma duit,' arsa Conall.

'Seo, isteach leat go bhfaighe tú dhá bholgam a thógfas an tuirse díot.'

Chuaigh.

Nuair a bhí an tae ólta chuir Conall a mhéar ina phóca. 'Ar m'anam,' ar seisean, 'gur bhris mé mo phíopa. Nuair a bhí mé ag tiomáint an bháid ab éigean domh sin a dhéanamh.'

Chuir Sábha a lámh isteach i bpoll an bhac. 'Seo píopa a bhí ag an fhear a d'imigh,' ar sise, 'grásta ó Dhia ar an duine bhocht. Faraor, is beag an rud is buaine ná an duine. Bíodh sé agat. Tá mé cinnte gur agat ab fhearr leis é a bheith.'

Tháinig Deireadh an Fhómhair agus iascaireacht na scadán.

'Dá mbeadh eangach agam dhéanfainn tamall iasc-aireachta i mbliana,' arsa Conall. 'Tá áit le fáil ar bhád Mhicheáil Thaidhg. Ach tháinig deora ar an eang-aigh a bhí agam féin agus í cuachta istigh sa scioból. Nuair a spréigh mé í, anseo an lá fá dheireadh, bhí an snáth lofa inti.'

'Nár fhéad tú eangach Mhicí a thabhairt leat? Grásta ó Dhia ar Mhicí,' arsa Sábha. 'Ní raibh rún agam aon uair amháin a fliuchadh choíche. Ach, faraor, tá an saol ag teannadh orm. Agus goidé an mhaith domh a ligean sa dul amú? Má chuirim ar an iascaireacht í gnóthóidh mé rud inteacht uirthi.'

'Is fíor duit sin,' arsa Conall. 'Spréifidh mise amárach í go bhfeice mé an bhfuil aon cheann de na mogaill stróctha aici.'

An lá arna mhárach thug Conall amach an eangach agus spréigh sé ar an léana í os coinne an dorais. Chóirigh sé cupla mogall a bhí stróctha aici, agus chuir sé le droim í an áit a raibh sí scaoilte. Ansin d'imigh sé go hInis Fraoich a dh'iascaireacht.

Luach dhá phunta de scadáin a dhíol sé i rith na seachtaine. Bhí punta den airgead sin ag luí do Shábha —cuid na heangaí. Tháinig sé chuici oíche Shathairn le clapsholas. Shuigh sé ag an tine.

'Creidim nach bhfuil tú saor ó ocras,' ar sise, ag cur mónadh ar an tine.

Nuair a bhí an tae ólta ag Conall, agus a phíopa dearg aige, tharraing sé amach spaga beag éadaigh a raibh dath na toite air agus scaoil sé an ruóg ann. 'Seo do chuidse,' ar seisean, ag síneadh punta chuici.

'Go sábhála an Spiorad Naomh ar do bháthadh thú,' ar sise. 'Tá rud breá leat ar shon do sheachtaine.'

'Leoga, a rún, níl,' ar seisean, 'nó níor bhuail siad an béal ach go hiontach éadrom. Choinnigh siad iontach ard i bhfarraige i rith na seachtaine. Agus an áit a raibh bádaí móra acmhainneacha le a ghabháil amach ina ndiaidh thóg siad trom i gceart iad.'

'B'fhéidir go luífeadh siad isteach ar an chladach an tseachtain seo chugainn,' arsa Sábha.

'Tá eagla orm,' arsa Conall. 'Deir Bob Dulop liom —agus tá Bob breá eolach ar an dóigh a n-oibríonn siad—deir sé liom go bhfuil eagla air go bhfuil iascaireacht na bliana seo thart, de thairbhe bádaí beaga de. Deir sé má théid an chéad scoil thart go hard i bhfarraige go leanfaidh an chuid eile iad.'

'Ár dtoil le toil Dé,' arsa Sábba. 'Ar ndóigh, is maith an méid seo féin.'

D'amharc Conall síos béal an spaga. Bhí punta

fágtha ann. 'Leoga,' ar seisean, saothar beag bocht seachtaine é ... Ní mó ná gur fiú dhá chuid a dhéanamh de ... B'fhéidir gur fhéad mé an punta seo eile a thabhairt duitse. Is tú is cruaidhe atá ina fheidhm. 'Chead agamsa fanacht.'

'Cha dtugann ar chor ar bith,' arsa Sábha. 'Is cruaidh a shaothraigh tú féin é ar bharr na dtonn le seachtain. Is minic a bhí mé ag smaoineamh gurbh fhuar agus gurbh anróiteach agat é, a dhuine bhoicht, do do chriathrú ó seo go Tóin an Aird Dealfa. Coinnigh do chuid airgid ... Ar ndóigh, má theannann orm thig liom cupla scilling a fháil uait ar iasacht. Is deise cabhair Dé ná an doras. B'fhéidir gur scadáin a bheadh ag éirí ar an fhéar an tseachtain seo chugainn, is cuma goidé a deir Bob Dulop.'

4

Tháinig am na lánúineach. Bhí Conall ag airneál ag Sábha agus gan istigh ach iad féin agus Seáinín beag.

'A Chonaill, tabhair domh pingin,' arsa an gasúr, 'go gceannaí mé bataí milse tigh Mhaitiú.'

'Suigh fút, a Sheáinín, agus bíodh múineadh ort,' arsa Sábha. 'Suigh fút a dúirt mé leat ... Cá bhfuil an tslat? ... A Chonaill, an ag tabhairt pingineacha dó atá tú, agus nach ndéan sé a dhath ach rudaí milse a cheannacht orthu? Tá a chár beag lofa aige leo. Níor lig sé aon néal orm an oíche fá dheireadh ach ag caoineadh leis an déideadh.'

'A Chonaill, tabhair domh sponc go ndéana mé solas gorm ag an doras druidte.'

'A Sheáinín! a dúirt mé leat. Má éirimse chugat fágfaidh mé fearbach i do mhása. Caithfidh tú múineadh a fhoghlaim.'

'A Chonaill, an bhfuil tusa muinteartha dúinne?'

'A Sheáinín, caith díot do cheirteach agus isteach a luí leat. Aníos anseo leat.'

Ba ghairid go raibh an gasúr ina chodladh.

'Tá an duine bocht chomh tuirseach le fear a bheadh i bpoll mhónadh ó mhaidin,' arsa Sábha, ag amharc thar a gualainn bealach na leapa.

'Gasúr beag iontach lách é,' arsa Conall.

'Ach tá sé chomh crosta agus a thig leis a bheith,' arsa Sábha.

'Níorbh fhiú a dhath é mura mbeadh sé crosta anois,' arsa Conall. 'Gasúr beag iontach tarrantach é. Tá toil mhór agam féin dó.'

'Maise, níl agat ach a leath,' arsa Sábha. 'Bíonn sé ag feitheamh leat 'ach aon tráthnóna. Agus an oíche nach dtig tú, níl ann aige ach, "A mhamaí, goidé a tháinig ar Chonall anocht?" '

''Bhfaca mé aon bhliain riamh nach mbeadh scéal lánúine le cluinstin?' arsa Sábha.

'Romhainn atá,' arsa Conall. 'Tá siad in am go leor go fóill.'

'Leoga, tá siad in am go leor ar gach aon dóigh,' arsa Sábha. 'Níl sa phósadh ach buaireamh, ar scor ar bith ag cuid de na daoine.'

'Ina dhiaidh sin is uile caithfear a ghabháil ina cheann am inteacht. Rud bocht do dhuine deireadh a shaoil a chaitheamh leis féin.'

'Tá cuid mhór ar an bhaile apaidh chun comóraidh,' arsa Sábha, ag ainmniú a seacht nó a hocht de chloigne buachall.

'A Shábha,' arsa Conall, 'bhí mé féin ag smaoineamh ar a ghabháil amach i mbliana.'

'Cé a shílfeadh duit é?' arsa Sábha. 'An bhfuil dochar a fhiafraí díot cén bhean?'

'Seo mar atá an scéal, a Shábha,' ar seisean. 'Is doiligh domh m'intinn a shocrú air sin. Tá sé chomh maith an fhírinne a dhéanamh, na mná a phósfainnse b'fhéidir nach ní leo mé, agus na mná a phósfadh mé ní ní liom iad. Ach creidim go gcaithfidh mé a mhór a dhéanamh den scéal. Bhí mé ag smaoineamh a ghabháil chuig Síle Chonaill an Pholláin.'

'Síle Chonaill an Pholláin!' arsa Sábha, ag ligean do na dealgáin titim ina hucht.

'Leoga, bhí mé lá den tsaol agus shíl mé nach uirthi a smaoineoinn,' arsa Conall. 'Ach chuaigh an lá sin thart.'

'Tá tú i d'fhear go fóill chomh maith agus a bhí tú riamh,' arsa Sábha. 'Níor cheart duit beaguchtach a bheith ort. Is furast duit bean a fháil níos fearr ná Síle Chonaill an Pholláin. Tá an créatúr chomh breoite agus a thig léi a bheith. Goidé fá Mháire Shéamais Duibh?'

D'éirigh Conall dearg san aghaidh. Arbh fhéidir go raibh a fhios ag Sábha gur iarr sé Máire dhá bhliain roimhe sin agus nach nglacfadh sí é?

'Tá sí idir dáil agus pósadh mar atá sí, féadaim a rá,' arsa Conall. 'Tá Muiris Sheáin Anna ag teacht chuici ar na hoícheanna seo.'

'Bhail, ceann inteacht eile,' arsa Sábha. 'Tá neart acu ar an tsaol. Glóir do Dhia ar son an fhairsingigh.'

'A Shábha, an bhfuil cuimhne agat ar an tsaol a bhí fada ó shin ann?'

'Leoga, tá mo sháith.'

'A Shábha, d'iarr mé thú féin aon uair amháin.'

'Seanscéal is meirg air,' arsa Sábha.

'Goidé do bharúil dá dtiocfá liom anois?' arsa Conall.

'An gcluin duine ar bith an chaint atá anois air?' arsa Sábha, ag breith ar an mhaide bhriste agus ag fadó na tine. 'Éirigh amach as sin,' ar sise leis an mhadadh, 'agus ná bí sínte ansin sa luaith más fada do shaol.'

Tháinig sí anall go lár an teallaigh agus chuaigh sí ar a leathghlún a chur mónadh ar an tine. Leag Conall a lámh ar a gualainn. Tharraing sé a ceann anall ar a ghlún.

'A Shábha,' ar seisean, 'an nglacfaidh tú anois mé?'

''Dhia, a Chonaill, a thaisce,' ar sise, 'bheadh sé róluath. Bheadh na daoine ag caint orm. B'fhearr liom fanacht bliain eile.'

Bhí a fhios ag Conall anois go raibh an lá leis—go raibh an chuid ba troime de na gnoithe socair.

'Tá tú i do bhaintreach le corradh mór le bliain,' ar seisean, 'agus ní thig le aon duine a dhath a rá leat. B'fhada ó chuirfinn an cheist seo i do láthair—nó bhí truaighe agam duit, ag amharc ort ag iarraidh barr a chur agus obair fir a dhéanamh—b'fhada sin murab é go raibh mé ag déanamh go raibh cumha ort i ndiaidh an fhir a d'imigh. Nó bhí sin agat, fear breá.'

'Óch óch, is leis ba chóir a rá,' arsa Sábha.

'Seo bhail, an té atá marbh, tá sé marbh agus níl tabhairt ar ais air,' arsa Conall. 'Cén lá a leagfaimid amach?'

'Níl a fhios agam,' ar sise.

'Seachtain ón tSatharn seo chugainn, déarfaimid,' arsa Conall. 'Caithfidh mise bríste a fháil cér bith mar a gheobhas mé é. Dá mbeadh bríste agam rachainn siar chuig sagart na paróiste ar béal maidine.'

'Níl a fhios agam,' ar sise, 'an bhfóirfeadh bríste Mhicí duit—grásta ó Dhia ar Mhicí!'

ANAM A MHÁTHARA MÓIRE

1

Dónall Searbh a bhí mar leasainm air. Agus an mhuintir a bhaist é, ar ndóigh, dar leo go dtug siad ainm air a d'fhóir dó. Nó is é a bhí searbh, confach, colgach. Ní fhaca mé riamh aoibh an gháire air. Ní raibh ligean chuige nó uaidh aige. I ndúlaíocht geimhridh, nuair a bhí cead reatha ag eallach an bhaile, ní raibh acmhainn ag Dónall aon bheathach ceaihairchosach a ligean trasna ar a chuid talaimh.

Agus, a Dhia, an eagla a bhí orainn roimhe nuair a bhíomar inár bpáistí! Nuair a bhínn féin agus Dónall s'againne agus Dónall Frainc ag buachailleacht, bhíodh ár gcroí amuigh ar ár mbéal le heagla go rachadh aon cheann dár gcuid eallaigh fá scórtha slat den chrích aige. Agus, ar ndóigh, níorbh iontas ar bith go raibh. Tháinig sé orainn lá amháin san fhómhar agus corrán leis, an áit a rabhamar istigh ina chuid coirce ag baint sméar dubh a bhí ag fás ar bhruach a bhí ann. Agus thóg sé amach ón talamh sinn le rois amháin mionna mór agus mallacht.

'Á, bhur n-anam do dhúdhiabhail Ifrinn,' ar seisean. 'A bhaicle dhrochmheasúil dhímúinte, nach mór an croí a fuair sibh easair chosáin a dhéanamh de mo ghiota coirce, agus an saothar a fuair mé á chur agus á ghiollacht? Damnú nár thige orm go mbeinn ag stealladh na gceann díbh mar a dhéanfainn le dias choirce.'

Chuir sé a sheacht n-oiread thairis, ach níor fhanamar i mbun comhrá aige. Thugamar na bonnaí as, agus dar linn féin é uaidh orainn.

'Goidé an gábhadh ar imigh sibh as?' arsa mo mháthair mhór, nuair a tháinigeamar isteach agus ár n-anál i mbarr ár ngoib linn.

'Tá,' arsa mise, 'tháinig Dónall Searbh orainn thoir

ansin agus gan sinn ag déanamh a dhath air ach ag
sroicheachtáil isteach thar an chlaí ag baint sméar
dubh. Ní rabhamar istigh sa choirce nó a dhath. Bhain-
feadh sé na cinn dínn leis an chorrán dá bhfaigheadh
sé greim orainn.'

'Leoga, ní bhainfeadh sé ribe amháin gruaige díbh,
chan é amháin na cinn,' arsa mo mháthair mhór.

'Is trua Mhuire nach bhfanann sibh uaidh,' arsa mo
mháthair, 'agus fios maith agaibh go bhfuil sé corr. An
té a thug Dónall Searbh air is é nach dtug an leasainm
air. Ar shiúl is corrán leis i ndiaidh páistí mar a
bheadh cnapán fir mhire ann! Beidh sméara dubha ag
fás ansin nuair a bheas sé ina chréafóig san uaigh.'

''Mhaighdean Mhuire, an t-áthrach a chuireas an
aois ar dhaoine,' arsa mo mháthair mhór. 'Chonaic
mise an t-am a raibh sé sin ar fhear chomh lách suáilc-
each agus a bhí eadar an dá fhearsaid.'

'Ó, dheamhan sin ó tháinig a cheann ar an tsaol,'
arsa mo mháthair.

'Mhaige maise gur siúd an fhírinne,' arsa mo
mháthair mhór. 'Ní fhaca tusa é mar a chonaic mise é.
Is cuimhneach liomsa nuair ba gheall le fear é.'

'Níl a fhios agam,' arsa mo mháthair, 'ach tá boc
mór mearaidh air ó tháinig ciall nó cuimhne chug-
amsa. Mura bhfuil sé ag seilg páistí tá sé thuas ar
mhullach an Charracamáin agus é ag amharc soir ar
bheanna Charraig an Choill.'

Agus b'fhíor di. Is minic a chuir mé sonrú ann agus
é ag gabháil chun an phortaigh tráthnóna samhraidh.
Nuair a thigeadh sé go mullach an aird ligeadh sé a
ucht anonn ar chloich mhóir a bhí ann agus d'amharc-
adh sé soir. Is minic a chuir mé iontas ann. Cá air a
raibh sé ag stánadh? Ní raibh soir uaidh ach beanna
Charraig an Choill, léana beag glas ag bun an aird
mhóir agus ballóg bhriste bhearnach ar bhruach
srutháin a bhí ann. Is iomaí uair a dúirt mé liom féin
go gcaithfeadh sé gur anseo a rugadh agus a tógadh é,
nuair a bhí sé chomh tugtha do bheith ag amharc air

agus a bhí sé. Chuir mé ceist ar mo mháthair mhóir.

'A mháthair mhór, an thoir in Ailt an Mhuilinn a tógadh Dónall Searbh?' arsa mise.

'Ní hea,' ar sise, 'ach thall i Rinn na Mónadh.'

'Agus a mháthair mhór,' arsa mé féin, 'cé bhí ina chónaí san áit a bhfuil an bhallóg in Ailt an Mhuilinn?'

'Tá,' ar sise, 'sin an áit an raibh an Muilteoir Bán lá den tsaol. Bhí muileann aige ansin agus, leoga, é ina shuí go te.'

'Bhí cliú dhóighiúil ag Nábla an Mhuilteora,' arsa mo mháthair, ag tabhairt a cuid di féin den chomhrá. 'Agus níl a fhios agam cad chuige a raibh. Ní fhacthas domh riamh gur bean a bhí inti a gcuirfeá sonrú i gcruinniú inti.'

'Bhí an chliú aici,' arsa mo mháthair mhór. 'Agus, an fhírinne choíche, sin an chliú chéanna a thabhaigh sí. Ní raibh aon chailín óg sa dá phobal lena linn a bhí inghnaoi léi. 'Dhuine, ba deas coimir an béal a bhí uirthi, agus ba tarrantach an aoibh a bhí uirthi. Agus bhí a shliocht uirthi, ní raibh aon bhuachaill sna Rosa nach rachadh amach ar an fharraige ina diaidh.'

'Maise,' arsa mo mháthair, 'má bhí a leithéid de reathairt uirthi, tá fhios ag mo Thiarna orm gur dhona an rogha a bhain sí astu, Tarlach beag meaite Chonaill Bhriain.'

'B'fhéidir gurb iad a bhí i ndán dá chéile.'

'Nach é sin athair mór Shimidín thall anseo?' arsa mé féin, nuair a chuala mé ainm Tharlaigh Chonaill Bhriain dá lua.

'Is é,' arsa an tseanbhean, 'agus ba í Nábla an Mhuilteora a mháthair mhór, go ndéana Dia a mhaith uirthi.'

'Cé a shílfeadh do Shimidín go raibh máthair mhór chomh dóighiúil sin aige? arsa duine eile.

'Más gaolmhar ní cosúil,' arsa an tseanbhean. 'Simidín bocht, níor lean sé duine nó daoine. Níl a fhios agam cá bhfuarthas é. Is cosúil go sciordann éan as gach ealt.'

2

Gasúr beag cruaidh dubh meirgeach a bhí i Simidín, agus bhí a gháir ar fud na paróiste, bhí sé chomh crosta sin. Bhí a mháthair marbh agus ní raibh aon duine le comhairle a thabhairt dó, le cois go raibh cuma air go raibh an diabhlaíocht ó nádúir ann. Ní dheachaigh sé chun na scoile riamh ach lá amháin. Bhí sé chomh crosta an lá sin agus gur bhuail an máistir é, agus an lá arna mhárach d'imigh Simidín a chuartú neadrach. Agus goidé eile nach dearn sé? Bhíodh sé ar shiúl ag cur madadh a throid. Bháith sé cat Anna Mhealadáin i gcuinneog bhláiche. Bhain sé an tseiche de Churach Mhicheáil Mhóir agus dhóigh sé í Oíche Fhéile Eoin. Níl aon bhacach dá dtigeadh an tslí nach mbíodh sé féin agus Simidín sáite ina chéile. Bhí na seanmhná á rá go mbeadh droch-dheireadh air mura mbeadh ann ach a dearn William Sling de mhallachtaí air.

Bhí crann breá úll ag Dónall Searbh, agus bhí súil ag na páistí air. Ach ba doiligh a theacht air gan fhios do Dhónall. D'fhéach níos mó ná gasúr agus ná beirt leis na húlla céanna a ghoid, ach fuair siad rud nach dearn siad margadh air. Tháinig Dónall orthu agus bhuail sé leithead a gcraicinn orthu.

Tráthnóna breá fómhair chonacamar ag imeacht chun an phortaigh é agus cliabh air.

'Seo ár n-am,' arsa Simidín. 'Tá an madadh leis, fosta. Is fada go mbí sé ar ais. Seo an cineál tráthnóna a gcaitheann sé seal sínte ar cloich mhóir ar mhullach an Charracamáin ag amharc soir ar bhallóg an tsean-mhuilinn.'

Shín linn ag tarraingt ar chrann na n-úll nuair a shíleamar go raibh Dónall as ár n-amharc. Ach goidé a rinne sé ach ár bhfeiceáil, ar thógáil ruball Ard na Gaoithe dó, agus pillidh sé. Bhí guala an aird eadar é féin agus sinne agus ní fhacamar é go raibh sé ag ár dtaobh. Bhí gasúr thuas sa chrann agus é ag baint na n-úll agus á gcaitheamh anuas chugainn féin. Agus, ar ndóigh, cé a bheadh ann ach Simidín?

'Scrios Dé air, Dónall na goice,' ar seisean. 'Beidh na húlla againn agus gan a bheith buíoch de. ... Dá bhfaighinn sroicheachtáil a fhad leis an úll mhór dhearg sin. ... M'anam go bhfuil mo ghealas briste. Síneadh duine agaibh aníos slat chugam.'

Le sin cuiridh Dónall Searbh uaill as féin taobh amuigh de chlaí an gharraí.

'Á, bheirim bhur gcorp don diabhal, a scrublach, nach damanta an mhaise daoibh a bheith ag goid mo chuid úll?'

Shín an rása againn féin. D'imigh duine soir agus duine siar. Bhí Simidín thuas sa chrann. Rinne Dónall neamhiontas den chuid eile againn, agus anonn leis go bun an chrainn go bhfaigheadh sé greim ar an ghadaí mhór. Nuair a lig an eagla domh féin amharc thart fuair mé Dónall Searbh agus greim gualann aige ar Shimidín. 'Ó, 'Dhia,' dar liom féin, 'nach trua Simidín bocht? Muirfidh an seanduine mire sin é.'

'Tá tú gaibhte,' arsa Dónall, 'agus bíodh geall air nach tú an chéad fhear arís a thiocfas a dhéanamh slad ar mo ghnoithe-sa. Cé leis thú?'

'Le Séimí Tharlaigh Chonaill,' arsa an gasúr.

'Is deas an obair atá ort, ar shiúl ag gadaíocht san aois a bhfuil tú ann!' arsa an seanduine. 'Is maith an rud a dhéanfaidh tú. Cad chuige nach dtáinig tú chugamsa agus na húlla a iarraidh orm agus bhéarfainn duit iad, sula gcuirtí rún gadaí faoi mo chrann. Ach b'fhearr leat a ngoid. B'fhearr leat ar shiúl leis an bhroscar gan mhúineadh sin a d'fhág thú mar atá tú. Ach, dar an leabhar, agus chan é sin an mionna bréige, má gheibhimse greim ar na smugacháin tiocfaidh dhá lá go leith arís sula n-éirí siad amach a ghadaíocht. ... An bhfuil dúil in úlla agat? Ach nach bhfuil a fhios agam go bhfuil, Goitse!'

Líon sé seanbhearád bealaithe a bhí ar Shimidín de na húlla agus lig cead a chinn leis.

Níorbh iontaí linn féin an sneachta dearg ná an tall-
ann seo.

'Tá Simidín faoi gheasa, má bhí aon duine riamh
ann,' arsa duine amháin.

'Ní bhfaighidh sé bás choíche nuair nár mharbh
Dónall Searbh inniu é,' arsa duine eile.

'A Shimidín, tabhair dúinn cuid de na húlla,' arsa
Dónall s' againne, nuair a tháinig Simidín chugainn
agus an ciste leis.

'Maise,' arsa Simidín, ag toiseacht a roinnt na n-úll,
'is cruaidh a shaothraigh mé féin iad.'

''Shimidín, an raibh eagla ort?'

'M'anam go raibh mo sháith. Dá bhfeictheá na súile
a bhí aige nuair a bhí mé ag teacht anuas as an chrann.
Agus bhí soc air mar a bheadh snáthad mhór ann. . . .
Ach deir sé nach n-imíonn sibhse air. . . . Go mbuana
Dia úlla aige! Rachaimid anonn arís an chéad lá eile a
bheas sé sínte ar an chloich mhóir ag stánadh ar
bhallóg an tseanmhuilinn. Ach caithfimid duine a chur
á choiméad, a dhéanfas comhartha dúinn ar eagla go
bpillfeadh sé mar a rinne sé inniu.'

3

Nuair a tháinig mé féin chun an bhaile d'inis mé an
scéal. Ar scor ar bith d'inis mé an méid a d'fhóir
domh. Cheil mé go raibh mé féin sa tsiúl. Má b'fhíor
domh féin, chonaic mé an t-iomlán agus mé thíos ar
thóin na Reannacha ag baint cailleach bréagach.

'Agus deir tú liom,' arsa mo mháthair, 'nár leag sé
a oiread agus barr méir ar Shimidín i ndiaidh breith
san ócáid air? Caithfidh sé go bhfuil lá an bhreith-
iúnais ann. Sin nó go bhfuil an Simidín céanna faoi
gheasa.'

'Mo thruaighe!' arsa mo mháthair mhór, agus, dar
leat, cineál tochta uirthi.

'Goidé ábhar do thruaighe?' arsa mo mháthair.

'Tá,' arsa an tseanbhean, 'd'imir sé an dáimh sin le Simidín. Smaoinigh sé ar an am a chuaigh thart.'

Nuair a chuala mé féin seo thug mé cluas ghéar don chomhrá go gcluininn an scéal.

'Go ndéana mo Thiarna trócaire ar an méid acu atá marbh,' arsa an tseanbhean, 'bhí Dónall Searbh agus Nábla an Mhuilteora—máthair mhór Shimidín dá maireadh si—bhí siad iontach geallmhar ar a chéile sular pósadh ise.'

'Shíl mé,' arsa mo mháthair, 'dheamhan bean ar bhuair sé a cheann léi ó rinne slat cóta dó.'

'Maise, m'anam atá i mo chliabh,' arsa Seonaí Sheimisín, a bhí istigh ag airneál againn, 'gur shíl mise an rud céanna. Shíl mé nach raibh ann ach gaisearbhán de dhuine nach rachadh fá fhad scairte de mhnaoi, chan é amháin a bheith geallmhar ar chuid acu.'

'Ní hamhlaidh a bhí,' arsa mo mháthair mhór. 'Bhí sé lá de na laetha agus is é féin nach raibh searbh nó confach. Chonaic mise é nuair a bhí sé ar bhuachaill chomh croíúil, aigeantach, greannmhar, briscghlórach agus a bhí ó Ghaoth Dobhair go Gaoth Beara.'

'Cé?' arsa mo mháthair. 'An Dónall Searbh a bhfuil aithne againne air?'

'Maise, ní hé,' arsa an tseanbhean, 'nó ní raibh aithne agatsa air. Ach bhí agamsa.'

'Cé a shamhlódh dó é?' arsa mo mháthair.

'Bhí siúd mar siúd,' arsa mo mháthair mhór. 'Bhí sé féin agus Nábla an Mhuilteora luaite le chéile ar feadh na mblianta. Shíl 'ach aon duine go mbeadh siad ag a chéile. Ach ní mar shíltear ach mar chinntear. Bhí an Muilteoir Bán ina shuí go te san am, agus gléas air crudh maith a chur lena inín. Agus chan de lámha folamha a bhí gnoithe ag fear ar bith a ghabháil a dh'iarraidh Náblann air. Bhí Dónall bocht, agus níor ní leis an mhuilteoir é mar chliamhain. Rinneadh cleamhnas eadar Nábla agus Tarlach Chonaill Bhriain: bhí neart talaimh ag Tarlach. Bhí siad á rá gur in éadan a cos a chuaigh Nábla leis, nó bhí sí doirte do

Dhónall, ach thug a muintir uirthi Tarlach a ghlacadh.
Dóibh féin a hinistear é, ní maith a d'éirigh an cleamh-
nas céanna le ceachtar den dá dhream. Ní raibh lá
ratha orthu riamh ní ba mhó.'

'Ach shíl na daoine go mbeadh obair ag Dónall
Searbh a chiall a choinneáil i ndiaidh Náblann agus,
ar ndóigh, féadaim a rá nár choinnigh. Rinne sé rud
nach gcuala mé aon duine eile a dhéanamh riamh san
ócáid. Chaoin sé uisce a chinn, agus ba chuma leis cé
a tífeadh nó a chluinfeadh é. Dá mba í a bhean phósta
í agus í bheith ina luí marbh, ní thiocfadh leis daonán
ní ba mhó a dhéanamh. Maidin lá na bainise chuaigh
sé suas go mullach an Charracamáin agus leag sé a
ucht anonn ar cloich mhóir agus chaoin sé go bog
binn, agus é ag amharc soir ar an mhuileann. Ní raibh
ann ach gur tugadh fá dhíon ar chor ar bith é.'

'M'anam, maise,' arsa mo mháthair, 'go ndéan sé
an turas céanna go fóill. Inné féin a chonaic mé sínte
an chloich mhóir é agus é ag amharc soir ar bhallóg
an tseanmhuilinn.'

'Mo choinsias,' 'Eibhlín, gur sin scéal iontach,' arsa
Donnchadh Shéarlais. 'Tá truaighe agam féin anois
dó. Ar m'anam go bhfuil. Shíl mé go dtí anocht nár
bhain a dhath riamh deor as, nó nach raibh aon deor
ann le baint as.'

'Is réidh ag duine a sheanfhocal a rá ar an tsaol seo,'
arsa mo mháthair mhór. 'Is minic a mhealltar duine.
Is minic a bhíos an aithne chontráilte againn.'

'Cér bith mar a bhí,' arsa m'athair, 'bíonn rud
inteacht i gcónaí le maide as uisce a thógáil de
Shimidín.'

'Bíodh sé buíoch de na mairbh go bhfuair sé an
ceann leis an iarraidh seo,' arsa an tseanbhean, 'agus
cuireadh sé paidir le hanam a mháthara móire.'

AN BHEAN NACH gCUIRFEADH CLOCH I MO
LEACHT

1

'Goidé na scéalta nuaidhe is fearr atá leat ar maidin?' arsa mo mháthair le Méabha Phádraig Chondaí, maidin amháin tá cupla bliain ó shin a sciord sí isteach chugainn agus gan ann ach go raibh na súile foscailte againn ar dóigh. Dúirt Méabha nach raibh scéal ar bith aici, ach bhí a fhios againn uilig go mba bhréag sin di, nó nach rud ar bith eile a thug chun an tí í fán am sin de lá ach de gheall ar chuid dá raibh cruinn aici a scileadh.

'Dona thú,' arsa mo mháthair. 'Nach iomaí do leithéid a mbeadh scéal lánúine féin leat, agus an Inid fá chupla lá dúinn?

'Maise, gur sin an scéal céanna a bheadh liom chugaibh,' arsa Méabha, 'dá bhfaigheadh cuid dá raibh ar a gcois arú aréir a n-iarraidh.'

'Cé bhí sa tsiúl, a Mhéabha, mura bhfuil dochar ceist a chur?'

'Níl baint ag aon duine díobh,' arsa Méabha. 'Tá sáith 'ach aon duine ina ghnoithe féin lá ar bith sa bhliain. Siúd is gur dóiche nach ceilte a bheas sé.'

'Cé bhí amuigh, a Mhéabha?'

'Dónall Catach thíos anseo,' arsa Méabha. 'D'iarr sé Neansaí Bhríde Ruaidhe arú aréir agus dhiúltaigh sí é.'

''Bhfuil sin fíor, a Mhéabha?'

'Le mo bhéal a dúirt sí féin é,' arsa Méabha.

'Níl sí gan scéal aici le bheith ag déanamh olláis as,' arsa mo mháthair mhór. 'D'fhéad sí sin a fhágáil le haithris ag duine inteacht eile.'

'Maise, go bhfeicthear do Dhia gurb é a bhí míle déag rómhaith aici,' arsa m'athair. 'Bhí sé lá de na laetha agus ní amharcódh sé sa taobh den tír a mbeadh sí ann.'

'Á, níl aon bhean agus an t-anam inti a ghlacfadh é i ndiaidh an cleas gan mhúineadh a rinne sé ar iníon Bhilí 'Ic Niallais,' arsa mo mháthair.

'M'anam, maise,' arsa Méabha, 'nach ag baint éirice amach nó ag imirt díoltais fá ghnoithe Nuala Bhilí a bhí Neansaí Bhríde Ruaidhe an oíche fá dheireadh nuair a dhiúltaigh sí é. Chan ea, ach ar eagla go n-imreodh sé an cleas céanna uirthi féin, rud a d'imreodh. Dheamhan is cinnte a ghlacfadh sí é ná bhuailfeadh tallann é agus d'imeodh sé leis i mbéal a chinn eadar dáil is pósadh.'

'Maise,' arsa duine eile, 'go dtáinig sé de mhitheas dó na tallannacha sin a chaitheamh as a cheann, má tá rún pósta ar chor ar bith aige. Ní mochéirí ar bith don Dónall chéanna an "gabhaim" a rá lá ar bith feasta.'

'Bhail, ní hea,' arsa mo mháthair, 'nó is é mo shean-chuimhne é a bheith ag damhsa tigh Sheáin Chonaill oíche amháin fada ó shin. Leoga, má bhí féin, ba lách agus ba suáilceach. B'fhurast dó bean a fháil an t-am sin.'

'Deir siad,' arsa Méabha, 'gur taibhse mná—diúlt-aimid do gach urchóid—a tháinig eadar é féin agus iníon Bhilí 'Ic Niallais an uair úd. Is iomaí inse ar an scéal. Cuid a déarfadh go raibh sí beo. Cuid eile a déarfadh go raibh sí marbh, gur bean as taobh thoir de shliabh a bhí inti a raibh lámh is focal eadar í féin agus Dónall roimh a bás. Diúltaímid arís don ainspiorad, bhí siad á rá go dtáinig sí aníos an t-urlár tigh Bhilí 'Ic Niallais, nuair a bhí comóradh na dála cruinn, agus culaith dhonn marbhánaigh uirthi agus an tais-éadach fána huachtar. Agus bhí siad á rá go raibh an dá chois uirthi ab fhíorghile dá bhfaca aon duine riamh, agus go raibh a béal agus a súile druidte, Dia ár sábháil.'

"Mháthair mhór,' arsa mé féin, 'an raibh sin amhlaidh?'

'Níl a fhios agam,' arsa mo mháthair mhór, 'ach gurb é mo bharúil nach raibh. Ach, ar scor ar bith, is fíor go dearnadh dáil dó le iníon Bhilí 'Ic Niallais, agus gur imigh sé eadar meán oíche is lá agus gur fhág an clár is an fhoireann acu. Chuaigh sé féin agus a chuid fear ann. Hiarradh an bhean agus fuarthas í, agus socraíodh an dáil. Tamall i ndiaidh an mheán oíche, nuair a bhí gloine ólta ag na fir, toisíodh a ghabháil cheoil. Cé a bhí ann, mar dhuine, ach Seán Bán Fheilimí, agus bhí Seán ar cheoltóir chomh breá is a chasfaí ort i siúl lae. Bhí Dónall Catach agus Nuala ina suí ar cholbha na leapa, a lámh thar a muineál aige agus iad ag comhrá. Hiarradh ar Sheán Bhán amhrán a rá. Thoisigh sé agus, Dia, thost 'ach aon duine, ar leathmheisce is mar a bhí siad. Thoisigh Dónall Catach a thabhairt cluaise don amhrán. Thit a lámh anuas de ghualainn na mná a bhí ag a thaobh. Nuair a bhí an t-amhrán ráite d'éirigh sé agus chuaigh amach. Níor cuireadh sonrú ar bith ansin, nó níor samhladh nach amach lena ghnoithe a chuaigh an duine. Chuaigh leathuair thart. Níor phill Dónall. Chuaigh conablach uaire thart. Thoisigh na coiligh a scairtigh. Tháinig smúid ar a raibh sa teach nuair nach raibh dul ag Dónall pilleadh. Sa deireadh chuathas amach á chuartú, ach ní raibh sé le fáil thoir nó thiar.

'Scanraigh cuid go mb'fhéidir gur éaló síos fá bhruach an chladaigh a rinne sé agus an ceann éadrom aige, agus gur thit sé amach ó bharr Bhinn Cheit Úna. Nuair a tháinig solas an lae, agus d'éirigh an scéal amach, chruinnigh na bailte fán chladach agus níor fágadh aon scealpaigh gan chuartú ó ghob na Báinseadh go tóin Ard an Chnámharlaigh. Sa deireadh cé a tí siad chucu anuas na fargáin ach Conall Beag, agus é i ndiaidh a bheith thoir tigh Chathaoir Airt ó oíche. D'iarr Conall ar an tslua a ghabháil chun an bhaile, nó gur casadh Dónall Catach airsean ar maidin, nuair a bhí na réaltaí ag imeacht ón aer, agus é ag tarraingt soir ar Mhín na Cloiche Glaise agus cuma air go raibh deifre mhór air. Bhíothas ag cur ar Nuala Bhilí 'Ic Niallais, nuair a chuala sí gur imeacht a rinne sé, gur dhúirt sí go mb'fhearr léi fear dá raibh amuigh sa bhád a chluinstin ag scairtigh leis an mhuintir a bhí ar an chladach go raibh sé anseo ina luí báite ar thóin na farraige.

'Ach sin mar d'imigh Dónall Catach. Ní fhaca mé a oiread feirge ar aon duine riamh agus a bhí ar an tSagart 'Ac Eiteagáin an lá sin. Tháinig sé anuas fríd an bhaile, agus dar leat go mbainfeadh sifín cocháin braon fola as clár a éadain. Agus bliain ón am sin, nuair a chuala sé go dtáinig Dónall chun an bhaile as Albain, siúd anuas arís é. Ní bhfuair mé ach dhá amharc ar a chuid sciortaí ag gabháil síos ag Beann na Lochlannach dó. Tháinig mé chun an tí agus dúirt mé le Simisín gur thrua liom Dónall Catach, nó go raibh an Sagart 'Ac Eiteagáin ar shiúl síos chuige agus cuma go raibh lán a chraicinn de fheirg air. "Bí reangtála," arsa Simisín, "gur fearr dó gan méar a ligean ar Dhónall, ina shagart is mar atá sé, nó níor lig aon fhear den treibh sin riamh a chnámh leis an mhadadh." Ach ag teacht ar ais don tsagart bhí sé ag caint le Simisín amuigh ansin ag leac an dorais, agus ní fhaca tú aon fhear riamh a bhí chomh hathraithe leis eadar an dá am. Cér bith comhrá a rinne Dónall Catach leis, bhí sé ina fhear eile ag teacht ar ais dó. Agus b'iontach an chaint a dúirt sé le Simisín. Tá an bheirt marbh, agus is mairg a chuirfeadh cor an fhocail orthu. "Dónall bocht," ar seisean, "is mó an t-ábhar truaighe é ná an t-ábhar mioscais." '

'M'anam, 'Eibhlín, nach raibh a fhios sin agam,' arsa Méabha Phádraig Chondaí.

'Bhí siúd fíor,' arsa mo mháthair mhór.

'Bhail, is ábhar iontais é,' arsa mo mháthair.

'Maise,' arsa Méabha, 'gur ábhar iontais an rud a dúirt sé le Feilimí Dhónaill Phroinsís inné, má táthar

ag cur na fírinne air. Ba é Feilimí a bhí leis a dh'iarr-
aidh na mná agus chuaigh sé síos inné chuige, creidim,
a thógáil cian de. Agus chluinim gurb é an rud a dúirt
Dónall leis gur mhaith leis gur dhiúltaigh Neansaí
Bhríde Ruaidhe é. An gcuala aon duine riamh fear ag
iarraidh mná de thoil shaor agus lúcháir air gur diúlt-
aíodh é?'

'De dheireadh iontais an domhain é,' arsa mo
mháthair.

'Maise,' arsa mo mháthair mhór, 'go bhfuil sé aist-
each ar níos mó ná aon dóigh amháin. Mura mbeadh
ann uilig ach na ceolta atá aige, caithfidh tú a rá gur
duine dó féin é. Shíl mise aon uair amháin nach raibh
aon amhrán sna Rosa riamh nach raibh agam féin,
ach tá rudaí ag Dónall Catach nach gcuala mé riamh.
Oíche amháin anseo san fhómhar seo a chuaigh thart
bhí gealach bhreá ann, agus siúd síos go Port an Chur-
aigh mé go n-abrainn m'urnaí ar an uaigneas. Leis sin
féin chuala mé an ceol agus d'aithin mé glór Dhónaill
Chataigh. Bhí sé ag siúl leis féin siar i mbéal na toinne
agus an t-amhrán aige ab fhíor-chumhúla dá gcuala mé
ó chuir Dia mo cheann ar an tsaol. D'éist mé, ag féach-
áil an rachadh agam a thógáil, ach chuir 'ach aon
chuid an chuid eile de as mo cheann. Ní raibh liom ach
cupla focal ar a dheireadh, agus beidh cuimhne agam
orthu go lá mo bháis:

> Cealg mé 'chodladh le glórtha do bhéilín bhinn
> In uaigneas an ghleanna 'nar casadh le chéile sinn.'

'Ó, bhail,' arsa Méabha, 'tá eagla orm, ach grásta
Dé, go bhfuil seachrán beag ar an duine bhocht. Ó
tharla é ar shiúl leis féin ag gabháil cheoil a chois na
farraige.'

2

'Bhí mé féin agus Dónall Catach iontach mór le
chéile. Fuaireamar eolas ar a chéile nuair a bhí an

cogadh sa tír, agus mhair an cumann i ndiaidh an
cogadh a bheith thart. Is iomaí seanbhean, agus bean
óg fosta, a shíl go raibh a shúil aige orm féin. Ach,
leoga, ní raibh súil ná súil aige orm. Ní raibh ann,
creidim, ach gur mhaith le Dónall scéal a inse agus gur
mhaith liomsa éisteacht leis.

Oíche amháin, i dtrátha na Féil' Muire, siúd mé
féin síos a dh'airneál chuige. Bhí iomlán rabharta agus
iomlán gealaí ann, agus bhíothas ag dúil go bhfaighfí
na corra an oíche sin. Ar a ghabháil isteach domh bhí
sé ina shuí cois na tineadh agus leabhar aige.

'Sé do bheatha,' ar seisean.

Dúirt mé féin nach raibh mé fad na fáilte amuigh,
agus shuigh mé.

'Gheofar na corra anocht,' ar seisean.

'Do bharúil?' arsa mise.

'Gheofar,' ar seisean. 'Chuir sé cith de bharr láin.'

'Go dearfa,' arsa mise, 'tá scaifte den aos óg ar
shiúl síos an Bháinseach cheana féin, agus nach mbíonn
sé ina thráigh go ceann dhá uair an chloig go fóill.
Agus mhaige go bhfuil a gcroí acu. Tá glór Mhící
Phaidí le cluinstin mar a bheadh gasúr sheacht mblian
déag ann.'

'Is beag acu atá cosúil leis, mar Mhicí,' arsa Dónall.
... 'Cuireann macasamhaíl na hoíche anocht cumha
orm i gcónaí. Bheir sé an seansaol i mo cheann. ...
Nuair ab fhiú a bheith beo.'

'Goidé tá tú a léamh?' arsa mise.

'Tá,' ar seisean, 'an leabhar deireanach sin a thug
tú domh. Seo an dara huair domh.'

'Cé acu is fearr leat den bheirt bhan atá inti,
Fedora nó Pauline?' arsa mise.

'Is fearr liom Fedora míle uair,' ar seisean. 'Cé acu
is fearr leatsa?'

'Is fearr liom Pauline,' arsa mise. 'Agus títhear
domh go raibh sé amaideach ag an fhear sin grá mar a
thug sé a thabhairt do mhnaoi nach raibh lá aird aici
air, agus neamhshuim a dhéanamh de chailín a raibh

a hanam istigh ann.'

'Tuigimse an scéal go maith,' arsa Dónall. 'Bheinn féin mar an gcéanna. B'fhearr liom an bhean nach luífeadh liom ar ór, mar a dúirt an file, an bhean nach gcuirfeadh cloch i mo leacht, b'fhearr liom sin ná an bhean a chuirfeadh gruaig a cinn faoi mo chosa. Sin an saol seo agat, a Mháire. Bheir sé i mo cheann nuair a bhí mé i mo ghasúr agus d'éirínn amach maidin shamhraidh. Is minic a choimhéad mé na fuiseoga ag seinm in airde sa spéir ghoirm, agus bhéarfainn a bhfaca mé riamh ach ceann acu a bheith agam i gcúl mo dhoirn. Sa deireadh rinne ceann acu nead i mbruach bheag os cionn na trá. Tháinig mé uirthi lá amháin ina luí ar a nid agus ghabh mé í. Agus ní fhaca tú aon fhear riamh chomh míshásta liom. Ní raibh deiseacht ar bith san éan nuair a bhí sé i gcroí mo bhoise. Níor mhair an áilleacht a bhí ann ach fad is a bhí sé sa spéir. Lig mé amach arís é.'

Mhair sé gearrthamall maith ag caint ar an téad seo. D'aithin mé féin go raibh fonn comhrá air nár chuimhin liom a fheiceáil air riamh roimhe, agus arsa mise leis sa deireadh:

''Bhfuil a fhios agat, a Dhónaill, rud a chuir iontas orm go minic?'

'Goidé sin?'

'Tá, fear a bhí chomh breá dóighiúil tarrantach leat, nár phós tú riamh.'

'Maise,' ar seisean, 'inseoidh mé sin duit ó tharla gur chuir tú an cheist orm. Níor phós mé riamh, agus creidim nach bpósaim, dá bhrí de nach ndéanfadh bean ar bith maith domh ach bean amháin, agus ní raibh sí sin ar shlí a fála agam. Creidim gur chuala tú cuid mhór scéalta fá dtaobh díom. B'fhéidir nár chuala tú riamh an fhírinne go hiomlán, agus tá sé chomh maith agam toiseacht ag an tús.

'Nuair a bhí mise i mo Bhrian óg, is iomaí bean deas a bhí i ngrá liom, chan cionn is mé féin a rá. Agus is iomaí duine a chuir iontas ionam cionn is nár phós mé.

Creidim gur minic a chuala tú mar d'iarr mé iníon Bhilí 'Ic Niallais in Ailt Eoin agus mar d'fhág mé í oíche na dála. Is iomaí duine a chuir trom orm de thairbhe an chleasa chéanna. Ach gheall mé duit toiseacht ar thús an scéil.

'Tá a ceathair nó a cúig déag de bhlianta ó shin tháinig scaifte ban óg lá amháin ar cuairt chun an bhaile seo. Bhí siad thoir anseo i bpobal Chloich Cheannaola ar feadh an tsamhraidh agus iad in ainm a bheith ag foghlaim Gaeilge. Ach, leoga, ba í an Ghaeilge an dual ab fhaide siar ar a gcoigil. Seachtar acu a tháinig chun an bhaile seo. Bhí seisear acu beag suarach meirgeach. Ach, a Mháire, a leanbh, an seachtú ceann! Chomh luath is a chonaic mé í haibhsíodh domh ar dhóigh éigin gur dhual di buaireamh intinne a thabhairt domh.

'Bhí tráthnóna deas ann nuair a tháinig mé a fhad léi i mbéal na trá. Cailín caol ard a bhí inti, agus níl léamh nó scríobh nó inse béil ar an ghnaoi a bhí inti, an craiceann geal, agus na súile drithleogacha agus an aoibh tharrantach. Ach nach iontach leat an rud is mó a bheir greim ar m'intinn, agus an rud a tím níos soiléire ná a tím rud ar bith eile, 'ach aon uair dá smaoiním uirthi, agus is é sin dlaíóg bheag dá cuid gruaige a bhí ní ba ghiorra ná an chuid eile, agus a bhí crochta anuas ar thaobh a héadain.

'Rinne sí tamall mór comhrá liom agus í ag rá gur dheas an áit an baile seo agus gur mhéanair domh a bhí i mo chónaí ann, i bhfarradh is a bheith istigh sna caithreacha salacha plúchtacha. Fiche uair tháinig sé chun an bhéil chugam a iarraidh uirthi fanacht agam agus a saol a chaitheamh ar an bhaile seo. Ach níor lig an eagla domh.

'D'imigh sí. Chuir mé faisnéis cárbh as í, agus fuair mé amach go raibh sí ina cónaí ina leithéid seo de shráid i nDoire. Scríobh mé cupla leitir chuici. Agus dá bhfeictheá an méid ama a chaith mé leis na leitreacha céanna! Mé ag iarraidh 'ach aon fhocal mór a chur iontu, ag iarraidh a thabhairt le fios di go raibh léann agus Béarla agam. Níor lig sí uirthi féin go bhfuair sí na leitreacha.

'An samhradh ina dhiaidh sin, chuala mé go raibh sí i gCloich Cheannaola ar ais. Oíche amháin a bhí damhsa acu d'imigh mé agus níor stad mé go raibh mé thoir. Bhí sí ansin mar dhuine, agus an chuma státúil uasal a bhí uirthi! D'iarr mé a dhamhsa í. Dúirt sí liom nach dearn sí aon choiscéim damhsa riamh, agus tháinig cineál de leisc orm cionn is a shamhailt go mbeadh sise ag léimnigh fríd an teach mar a bhí na créatúir eile. Thug mé iarraidh a ghabháil chun comhrá léi. Ach ní raibh gar ann. Bhí sí mar nach mbeadh iúl aici ar a dhath dá raibh mé a rá. Agus nuair a labhradh sí, chonacthas domh gur ag magadh orm a bhí sí. Choinnigh sí i bpian mar sin mé ar feadh leathuaire. Ansin d'éirigh sí agus d'fhág sí mo thaobh. An t-amharc deireanach a fuair mé uirthi an oíche sin, tamall beag roimh an mheán oíche, bhí sí ag an doras ag cur uirthi a cóta, agus an dlaíóg ghruaige sin anuas ar a héadan ar fad. Níor lig an eagla domh bogadh as an áit a raibh mé i mo shuí. Dá mbínn ag brath a ghabháil chun an bhaile féin san am, ní ligfeadh an eagla domh a ghabháil amach ar faitíos go sílfeadh sʻ gur ina diaidh a bhí mé. Chuir mé isteach an oíche. Le bánú an lae thug mé m'aghaidh ar an bhaile. Maidin chlaibeach cheobáistí a bhí ann. Agus ní dhéanfaidh mé dearmad choíche den chuil a bhí ar loch Dhún Lúiche agus ar Chró Nimhe.

'Nuair a tháinig mé chun an bhaile shuigh mé agus scríobh mé leitir chuici. Níor fhág mé a dhath gan rá sa scríbhinn chéanna. Ní dheachaigh mé ar chúl scéithe leis an scéal. D'fhiafraigh mé di an bpósfadh sí mé. I gceann na gcupla lá chuir sí freagra chugam, agus dá ndiúltaíodh sí mé agus gan níos mó a bheith ann ba chuma liom i dtaca le holc. Ach is é rud a d'iarr sí orm ciall a bheith agam agus gan a bheith i m'amadán. Sin an rud ba mhó a ghoill uilig orm.

'As a chéile thoisigh mé dh'éirí amach fríd an aos óg, de gheall ar cian a thógáil díom, agus thoisigh mé a chomhrá le Nuala Bhilí 'Ic Niallais. Chuaigh cupla bliain thart, agus toisíodh a chur comhairle orm a ghabháil chuig mnaoi. Agus dar liom go raibh an fhírinne ag an mhuintir a dúirt liom gur bhocht an dóigh a bheadh orm liom féin i ndeireadh mo shaoil is mo laetha.

'Chuaigh mé féin agus scaifte fear liom soir tigh Bhilí 'Ic Niallais. Hiarradh Nuala agus fuarthas í. Socraíodh an dáil agus bhí subhachas breá ar na fir. Tamall i ndiaidh an mheán oíche hiarradh ar Sheán Bhán Fheilimí amhrán a rá. Agus is é rá an amhráin sin a d'fhág mise ag inse an scéil seo anocht. Ach is fearr domh an t-amhrán a rá duit, nó ní áirím go bhfuil sé agat féin. Tuigfidh tú an scéal níos fearr lena linn:

Is cianach corrach a chodail mé 'n oíche aréir
'S ba bhrónach m'aigneadh ar maidin le spéartha 'n lae,
Tá ualach tuirse 'gus tinnis ar lár mo chléibh,
'S a rí na cruinne, nach dona mar fágadh mé?

Thiar a chois toinne 'gus loinnir an lae 'fáil bháis
Sé chonaic mé 'n ainnir 'na seasamh i mbéal na trá,
A brá 's a muineál ba ghile ná'n sneachta ar móin
'S a caoinroisc bharrúla a mhearaigh mo chiall go deo.

D'éirigh 'n ghealach is chealg sí an saol chun suain
Agus spréigh sí a solas mar fhallaing ar shléibhte 'n chuain,
Crónán an easa gur dheise ná glórtha píob
Agus tuaim na toinne gur bhinne ná ceolta sí.

'Sé mo ghéarghoin tinnis mar d'imigh an aisling chaoin
'S tháinig néalta dorcha d'fholaigh uaim grá mo chroí,
In uaigneas an ghleann' úd ab ansa liom uair den tsaol
Is brónach a ghoilim tráth chluinim an chuach ar craobh.

Ó 's a mhaighdean mhaiseach, tar seal de mo chóir ar
      cuairt
Is cóirigh mo leaba le scratha 's le fóide fuar',
Cealg mé 'chodladh le glórtha do bhéilín bhinn
In uaigneas an ghleanna 'nar casadh le chéile sinn.

'Cé a rinne an t-amhrán sin? Is iomaí duine a chuir
an cheist sin diomaite duitse, a Mháire. Is minic a
chuala mé iomarscáil fán amhrán chéanna, cuid á
fhágáil ar Chearbhallán, agus cuid eile á rá gur chosúla
le Peadar Ó Doirnín é. Ach ní ceachtar acu a rinne é,
ach mise mé féin. Ní raibh a fhios sin agat riamh, nó
ag aon duine eile ach an bhean a dearn mé di é agus ar
chuir mé chuici é. D'fhoghlaim Seán Bán uaim é bliain
amháin agus sinn ag déanamh eangaí tigh Fheilimí.
Agus goidé a rinne sé ach é a tharraingt air an oíche sin
i dteach na dála. Bhí guth breá aige agus bhí sé ag cur
deann fríom le gach aon focal. Bhí mé i mo shuí ar
cholbha na leapa agus Nuala Bhilí ina suí ag mo
thaobh. Tháinig an t-am a bhí caite os coinne mo shúl
arís. Chonaic mé an tráthnóna samhraidh sin agus
loinnir an lae ag fáil bháis. Chonaic mé an cailín i
mbéal na trá, a cruth agus a méid agus a maise, agus
gan fiú an dlaíóg ghruaige a bhí anuas ar leataobh
a héadain nach bhfaca mé. Nuair a chuala mé an
cheathrú dheireanach chuir sí as mo chrann cumhachta
mé. Nuair a smaoinigh mé go dearn mé an t-amhrán
sin agus gur chuir mé chuici é! Gur iarr mé uirthi a
theacht agus mo leaba a chóiriú le scratha agus mo
chealgadh chun suain le glór a béil ar uaigneas an
ghleanna! Ní thiocfadh liom fanacht ní b'fhaide.
D'éirigh mé agus chuaigh amach.
   'Thug mé m'aghaidh ar dhoimhneacht an tsléibhe
agus d'imigh liom. Ag gabháil soir ag Bun an Eargail
domh thoisigh sé a chur shneachta, agus b'fhuar uaig-
neach righin an bealach a chuir mé díom gur thóg mé
mala Chnoc na hAiteannaí. Ach ba chuma liom.
Bhéarfainn m'aghaidh ar áit ar bith ach ar Cheann

Dubhrainn na ndumchann bán. Agus bhí mé ag tarr-
aingt go Doire go bhfeicinn í féin agus go n-insínn mo
scéal di . . .'

'Is fíor duit sin; níor inis mé go fóill duit cérbh í
féin. Agus ní inseod. Níor mhaith léi mé a hainm a lua
leatsa, 'Mháire, nó tá sé curtha ort go scríobhann tú
cuid mhór de na rudaí seo. . . . Ó, tá a fhios agam nach
labharfá mar sin uirthi. Ach is cuma. Mo Chaoin-
Róise an t-ainm a thug mé féin uirthi, ag déanamh
aithrise ar an fhile. Dhéanfaidh an t-ainm sin cúis.

'Ach, ar scor ar bith, d'imigh mé liom agus rún
agam a ghabháil a fhad léi agus a hiarraidh arís, agus
a hiarraidh le mo theanga an iarraidh seo. Tráthnóna
lá arna mhárach shroich mé Doire agus chuaigh caol
díreach go dtí an teach a raibh sí ann. Í féin a d'fhos-
cail an doras domh agus bhí sí gléasta le a ghabháil
amach. Labhair sí liom mar a tífeadh sí inné roimhe
sin mé, agus dúirt sí go raibh aici le a ghabháil go
teach an phobail. Shiúil mé síos an baile léi. Chuir sí
fiche ceist orm fán tsaol a bhí ag muintir Cheann
Dubhrainn. Sa deireadh chuaigh agam a inse di gur
fhág mé bean eadar dáil is pósadh. "Agus tá tú ag
teitheadh go hAlbain anois?" ar sise. "Nár chóir go
smaoineofá ar an chailín a d'fhág tú i do dhiaidh? . . .
Ina dhiaidh sin is doiligh a inse goidé is fearr duit a
dhéanamh. Dá bhfanfá sa bhaile go ceann seachtaine
agus gan imeacht chomh tobann sin, b'fhéidir go
mb'fhearr é. Go gcuire Dia ar chosán do leasa thú."
Níor fhág sí focal agam le rá. Seo dóigh a bhí aici i
gcónaí. Dhéanfadh sí a dicheall le comhairle a thabh-
airt domh cé acu ab fhearr domh a ghabháil go
hAlbain nó pilleadh ar ais ar iníon Bhilí 'Ic Niallais.
Ach thug sí le fios domh nach raibh sé intuigthe nó
indéanta go gcuirfinn forrán cleamhnais uirthise; gur
rud a bhí ann nach raibh ar dhíslí, mar a deir na
cearrbhaigh.

'Bhí mé léi go doras theach an phobail. "Beannacht
leat," ar sise, "agus tá dúil agam go bhfaighe tú oíche

mhaith ar an fharraige, más ní go dtéid tú trasna
anocht. Ach gheobhaidh, nó is mór a thit sé chun
ciúnais ó tháinig an tráthnóna." Ag déanamh go dtioc-
fadh liomsa a rá nach raibh lá rúin agam a ghabháil
go hAlbain nuair a d'fhág mé an baile, ach gur á
hiarraidh le pósadh a tháinig mé! Ní thiocfadh liom,
dá mbínn le crochadh de gheall leis. Chuaigh sí isteach
go teach an phobail. D'imigh mise síos chun na cé agus
chuaigh ar bord ar bhád Ghlascú. Chaith mé bliain in
Albain.

'Ar a theacht ar ais domh, ní mó ná go raibh mé sa
bhaile mar ba cheart nuair a tháinig an sagart orm le
tine is le harm, agus é ag brath a thabhairt orm Nuala
Bhilí 'Ic Niallais a phósadh 'dheoin nó dh'ainneoin.
D'iarr mé air breith ar a chéill bomaite, agus d'inis mé
an scéal dó mar atá mé a inse duitse anois. Agus
shíothlaigh sé síos siar, agus ba é an rud deireanach a
dúirt sé liom go raibh súil aige go gcasfaí cailín inteacht
orm a thaitneodh liom, nó gur bhocht an rud ag fear a
bheith leis féin.

'Agus an geimhreadh ina dhiaidh sin shíl mé gur
casadh an cailín sin orm gan bhréig. Cailín as Mín an
Iolair, agus tigh Mhicheáil Anráis ag damhsa a casadh
orm í. Ar feadh tamaill a chéaduair bhínn ag comhrá
léi anois is arís. Ach, Dia, fuair mé amach go raibh sí
ar nós na réidhe ionam, agus thoisigh mé dh'éirí geall-
mhar uirthi. Fá cheann chupla mí eile bhí mé sa chéill
ab aigeantaí aici. Ansin d'aithin mé go raibh sí le fáil
agam ar iarraidh, agus thug mé buíochas do Dhia gur
casadh an bhean cheart sa deireadh orm.

'Bhí go maith go dtáinig an samhradh, agus tháinig
mo Chaoin-Róise anuas chun na Rosann arís. Casadh
orm í sa talamh cheanann chéanna ar casadh orm í an
chéad lá riamh. An oíche arna mhárach chuaigh mé
dh'amharc ar bhean Mhín an Iolair, mar a bhí geallta
agam. Agus, a Mháire, a leanbh, chomh suarach agus
d'éirigh sí eadar an dá am! D'éirigh a cuid liobar bog
amh gan bhlas. D'éirigh a haghaidh buí bealaithe agus

a cár garbh scrábach. Bhí deireadh leis an chumann sin.

'Anseo tá a cúig nó a sé 'bhliana ó shin, mar atá fhios agat, thoisigh an cogadh sa tír seo. Ba ghnách liom féin a bheith ag léamh fá Eoghan Rua agus fá Aodh agus fá John Mitchel, agus ag caint orthu go minic, agus nuair a cuireadh ar bun na hóglaigh ar an bhaile seo chuaigh mé iontu, siúd is go raibh mo sháith eagla orm an chéad lá a chonaic mé na saighdiúirí ag teacht anuas an sliabh agus a gcuid baignéidí géara geala cruach i mbarr a gcuid gunnaí acu. Agus tá sé go maith an fhírinne a dhéanamh, bhí mé cineál buartha go raibh a oiread le rá agam fá na mairbh san am a chuaigh thart.

'Ach tamall ina dhiaidh sin casadh cuid dár gcuid fear-inne agus na Sasanaigh ar a chéile ar thaobh Chnoc na Searrach. Marbhadh Searlaí Déiní, go ndéana Dia a mhaith ar an duine bhocht, agus loiteadh Conall Phádraig Chondaí. Chuaigh againn Conall a thabhairt ar shiúl agus a fholach agus scéala a chur isteach go cathair Dhoire fá choinne dochtúra. Tháinig an dochtúir chugainn tamall i ndiaidh an mheán oíche agus beirt bhan leis. Nuair a chuaigh mé féin isteach bhí an dochtúir ag cóiriú na cneidhe a bhí ar Chonall, agus bean ag coinneáil suas an sciatháin a bhí loite. Cé a bhí ann ach mo Chaoin-Róise! Bhéarfainn a bhfaca mé riamh ar a bheith in áit an fhir a bhí sa leaba. Bhí sí tamall beag ag caint liom eadar sin is tráthas, agus bhí ábhar eile cainte aici anois. Ní raibh ann ach Poblacht na hÉireann anois, goidé mar a bhí an troid ag gabháil ar aghaidh i mBéal Feirste agus i mBaile Átha Cliath agus i gCorcaigh. An spiorad a bhí ar fud na tíre. Bhí Banbha ag muscladh a misnigh, agus cé leis a dtiocfadh labhairt ar a dhath ba táire ná sin?

'An oíche sin bhí mé liom féin ar garda ag an teach a raibh an fear loite ann. Bhí lúcháir orm go raibh mé sa ghriolsa agus go bhfaca mo Chaoin-Róise mé faoi mo

chuid airm agus éide. Dá gcuireadh an tAthair Síoraí
an drochuair tharam, bheadh gléas cainte agam léi
nuair a bheadh an cogadh thart.

'Ba ghairid, mar atá fhios agat, gur beireadh orm
agus gur cuireadh chun an phríosúin mé. Ní raibh mé i
bhfad faoi ghlas gur scríobh sí chugam. Scríobh sí arís
agus arís chugam agus an lúcháir a bhíodh orm roimh
a cuid leitreach. Fuair mé uchtach agus dóchas arís.
I ndiaidh an iomláin, dar liom féin, níl ach amaidí
do dhuine dúil a bhaint de mhíorúiltí Dé. Níl sí caillte
go fóill agam.

'Tháinig an lá a bhfuair mé cead mo chinn, agus
bhain mé an baile amach. Scríobh mé trí leitir chuici
ag inse di goidé an cineál saoil a bhí againn sa
phríosún. Ach freagra nó cuid de fhreagra ní bhfuair
mé. Sa deireadh, dar liom go rachainn go bhfeicinn í.
Bhí gléas cainte orm anois, dar liom féin. Chuaigh.
Bhí fearadh na fáilte aici fá mo choinne. Chuamar
amach agus shiúlamar síos cois na habhann. Rinne sí
cuid mhór comhrá ar gach aon rud ach an rud a bhí
ar mo chroí-sa. Bhí sí a fhad ón scéal sin agus a bhí sí
an chéad lá riamh, agus níor lig sí domhsa a theacht
fá chéad míle de. Bhí dúil aici go bhfaighinn an
tsláinte ar ais teacht an tsamhraidh. Ba cheart domh
aire a thabhairt domh féin. Bhí a leithéid seo de chóg-
aisí maith ar thinneas bhéal an ghoile agus leigheasfadh
a leithéid siúd giorra anála. Nó go dtáinig an tráth-
nóna beag dubh agus go mb'éigean domh imeacht mar
a tháinig mé. Agus, anois, níl rud ar bith is mó a
chuireas ar mire mé liom féin ná a rá is de nach raibh
a oiread den fhear ionam riamh agus go bhfaighinn
uchtach os coinne a súl a iarraidh uirthi mo phósadh.

'Sin anois mo scéal agat, a Mháire, agus creidim go
síleann tú gur aisteach an mac mé. Má shíleann féin,
is neamhiontach. Agus is dóiche gurb é an rud is
iontaí leat uilig an dóigh a dtig tallannacha fríom agus a
dtéim a dh'iarraidh ban. Creidim gur eagla a bhíos orm
go mbuailfeadh amaidí bheag mé nuair a bheinn i mo

sheanduine, agus ansin nach mbeadh aon bhean le fáil
agam. Sin an rud a thug orm Neansaí Bhríde Ruaidhe
dh'iarraidh anseo ar na mallaibh. Agus an gcreidfeá mé
go raibh lúcháir orm gur dhiúltaigh sí mé, nuair a
mhuscail mé ar maidin an lá arna mhárach. An oíche
sin rinne mé brionglóid gur pósadh ar Neansaí mé.
Chonacthas domh go raibh comóradh na bainise ag
teacht as teach an phobail agus an pósadh déanta,
agus gur casadh mo Chaoin-Róise orainn ar an
bhealach. Bhí sí ansin chomh soiléir os coinne mo shúl
agus atá tusa anois. Chonaic mé an séanas a bhí ina cár
uachtarach agus an dlaíóg bheag ghruaige sin ar chlár
a héadain. Agus d'amharc mé ar mo chéile le mo
thaobh agus, chan de chúlchaint uirthi é, í chomh
giortach meirgeach buí. Nuair a mhuscail mé thug mé
buíochas do Dhia nach raibh mé ach ag brionglóidigh.

'Sin bail a thug an saol ormsa. Is minic agus mé i
mo shuí anseo liom féin, oícheanna ciúine fómhair
mar atá anocht ann, is minic sin a amharcaim isteach
sa tine agus tím aghaidh mná eadar na haibhleoga
dearga. Tím an dlaíóg ghruaige ar a héadan, agus na
poill atá ina pluca. Agus corruair samhailtear domh
go gcluinim glórtha páistí—páistí nach dtáinig chun
an tsaoil agus nach dtig . . . Cionn is nach mbeinn sásta
bean ar bith a bheith mar mháthair acu ach an bhean
nach gcuirfeadh cloch i mo leacht.'

FAOI NA FÓIDE IS MÉ SÍNTE

1

Tiocfaidh Neilí agus Nóra agus ógmhná na tíre,
Beidh mé ag éisteacht lena nglórtha faoi na fóide is mé
sínte.

Séamas Mac Murchaidh

Chuala tú cheana féin mé ag caint ar reilig Cheann
Dubhrainn, an áit a bhfuil Labhras Óg Ó Baoill bocht
curtha, go ndéana Dia a mhaith air.

Bhí mé sa bhaile seal mo chuairte anseo tá cupla
bliain ó shin. Oíche dheas chiúin fhómhair a bhí ann,
iomlán rabharta agus iomlán gealaí. I dtrátha leath am
luí siúd síos chun an chladaigh mé go bhfeicinn an
raibh an t-aos óg ag gabháil fá Thráigh na gCorr mar
a bhíodh siad fad ó shin. Ní raibh mé i bhfad amuigh
go gcuala mé, dar liom, crónán píob mar a bheadh sé
thíos eadar thú is an reilig. Shiúil mé liom agus bhí an
ceol ag éirí ní ba soiléire de réir mar a bhí mé ag
teacht ní ba deise dó. Sa deireadh d'aithin mé gur sa
reilig a bhí an phíobaireacht agus, cé ea nach duine
uaigneach mé, baineadh stad asam.

Sheasaigh mé tamall. Dar liom féin, a Dhia, an
féidir gur ceol saolta a chluinim, nó go bhfuil duine ar
bith ar fhág Dia ciall aige, go bhfuil sin istigh ansin ag
seinim ceoil i measc na marbh fán am seo d'oíche.
Chuir mé lámh i m'ochras go bhfeicinn an raibh mo
scaball orm. Bhí. Thug sin uchtach domh. Ansin rinne
mé mé féin a choisreacadh. Agus, arsa mise liom féin:
'Cér bith thú féin níl baint agat díom.'

Sheasaigh mé taobh amuigh de bhalla na reilige agus
mé ag éisteacht leis an cheol. Bhí giall an tseanteamp-
aill ina sheasamh ina stacán dhorcha eadar mé is an
ghealach, agus scáile dubh ag imeacht óna bhun amach
thar an bhalla agus trasna an léana. Bhí sé ag titim síos

le tráigh, agus gan glór faoileoige nó lupadán toinne
nó siosarnach gaoithe dá laghad le cluinstin fá bheanna
an chladaigh. Cibé acu de chuid an tsaoil seo nó de
chuid an tsaoil úd eile an píobaire, bhí cladach Cheann
Dubhrainn faoi féin an oíche sin. Ní raibh an dara
tuaim le cluinstin ach glór a chuid píob.

Agus an ceol sin! Níl léamh nó scríobh nó inse béil
air. Tamall ag seinm go croíúil aigeantach mar a
bheadh sé i dteach na bainise i dTír na hÓige an oíche
a pósadh Oisín agus Niamh Chinn Óir, agus trí caogaid
ιidire agus trí caogaid spéirbhan ar an urlár. Amanna
eile chonacthas domh go raibh na píoba ag cantáil go
lúcháireach mar bheifí á seinim ag comhchruinniú
carad a chasfaí ar a chéile eadar dhá shaol. Ach sa
deireadh chuir siad uaill bhrónach choscarthach astu
mar a bheadh duine a bheadh ag scaradh lena chuid
den tsaol mhór ar feadh na síoraíochta, nó anam a
bheadh i mbaol caillte. Ina dhiaidh sin striongán ciúin
cumhúil agus port aigeantach arís.

Stad sé.

Níorbh fhada go bhfaca mé an duine ag teacht
amach thar an bhalla. D'éalaigh mé féin aníos in aice
an tí s'againne, nó níor mhaith liom a chastáil domh,
ar eagla na heagla. Choinnigh mé mo shúil air. D'imigh
sé leis soir an tráigh cois an chladaigh. Nuair a tháinig
sé go dtí an fhearsaid rinne sé moill mar bheadh sé ag
baint a chuid bróg de. Ansin d'imigh sé trasna an
deáin agus chuaigh as m'amharc sa dorchadas i gclad-
ach Ghaoth Dobhair.

2

Cupla oíche ina dhiaidh sin chuaigh mé dh'airneál
chuig Séamas Chonaill Óig. Chuir sé míle fáilte romham,
d'iarr orm suí, agus chuir ceist goidé na scéalta
nuaidhe ab fhearr liom anuas as Baile Átha Cliath.
Dúirt mé féin nach raibh scéal ar bith liom as Baile
Átha Cliath a mb'fhiú trácht air. 'Ach,' arsa mise,

'tá scéal iontach agam le hinse duit gan a ghabháil thar an bhaile a bhfuilimid ann.'

'Ní raibh tú riamh gan scéal úr nó seanscéal,' ar seisean, 'agus mar a deireadh Donnchadh Cathail, trócaire air, nuair a bhíodh sé ag fiannaíocht, mura gcluinfeá aon scéal chumfá féin scéal.'

'Ar m'anam nach cumraíocht ar bith seo,' arsa mise, 'ach lomchnámh na fírinne. Sílim go bhfaca mé taibhse an oíche fá dheireadh.'

'Bíonn an chomhchosúlacht ann,' arsa Séamas. 'Goidé a chonaic tú?'

'Tá, píobaire ag seinm thíos sa reilig ar shiúl na hoíche.'

'Níl tú gan scéal taibhseoireachta agat!' arsa Séamas. 'Sin an taibhse céanna a bhfuil mise tuartha leis. San am chéanna chan ábhar iontais é léim a bhaint asat an chéad uair a chuala tú é. Nó an chéad uair a chuala mé féin é, oíche amháin smúidghealaí agus mé ag teacht as Tráigh na gCorr is gan liom ach mé féin, thóg sé amach ón talamh mé.'

'Agus cé é féin ar chor ar bith?' arsa mise, 'nó goidé bheir ag seinm sa reilig é?'

'Tá, maise, toil Dé, creidim,' arsa Séamas, 'dó féin a hinistear é. An Píobaire Rua as Gaoth Dobhair atá ann, agus tá an duine bocht ar seachrán ó fuair Nóra Chatach Shéarlais Mhóir a bhí ar an bhaile seo bás. Creidim go gcuala tú do mhuintir ag caint uirthi. Báitheadh í thíos anseo sa bhéal, í féin agus foireann báid agus iad ag teacht trasna as Ros na Searrach. Bhí lá bocht ar an bhaile seo an lá sin,' ar seisean. 'Lá bocht!'

Thost sé

'Inis an scéal domh,' arsa mise, 'óna thús go dtína dheireadh.'

'Níl maith ionam ag inse scéil ó chaill mé na cláir-fhiacla,' ar seisean.

'Seo,' arsa mise, 'níl lá loicht ort. Inis é.'

'Gheall air tú a scríobh?' ar seisean.

'B'fhéidir,' arsa mise.

'Bhail, an bhfuil a fhios agat, a Mháire,' ar seisean, 'gur scríobh tú scéalta ar na mallaibh agus gur chuir siad mo sháith cumha orm oíche amháin a léigh Seán Bhéal Feirste iad? Agus mura bhfuil sé gan mhúineadh agam a rá leat, agus tú ar m'urlár féin, is minic ó shin a smaoinigh mé gur cheart ligean do na mairbh codladh go suaimhneach, thíos anseo sa tseanreilig a bhfuilimid uilig ag tarraingt uirthi, faraor. Bhain siad a seal as an tsaol—leoga seal beag dona—agus d'imigh siad, agus—ach nár fhág mise an baile riamh agus nach bhfuil mórán i mo cheann—dhéanfainn amach gur cheart ligean do na créatúir luí go suaimhneach agus gan na cónracha a fhoscladh mar mhaithe le caitheamh aimsire a thabhairt d'aos óg gan chéill a bhíos ag léamh leabhar thuas fá na bailte móra.'

Thost mé féin tamall beag, agus mé ag smaoineamh gur ag mo sheanduine a bhí an fhírinne. Tháinig cineál de ghruaim orm nuair a chuaigh mé a mheabhrú ar a chuid cainte. Shíl sé gur míshásta a bhí mé cionn is nach n-inseodh sé an scéal domh.

'Bhail,' ar seisean, 'inseoidh mé duit é. Is doiligh liom do dhiúltú agus gur mé a choinnigh le baisteadh thú.'

Thoisigh sé.

'Creidim gur minic a chuala tú iomrá ar an uair a báitheadh Nóra Chatach Shéarlais Mhóir agus iad thall anseo sa bhéal. Ach is fearr dúinn toiseacht ar thús an scéil.

'Feargal Phádraig Dhiarmada as Gaoth Dobhair a chuala tú ag seinm ar na píoba sa reilig an oíche fá dheireadh. Nuair a bhí sé ina lúth is ina neart, creid mise nach de shúil shalaigh ba chóir amharc air. Bhí sé ina phíobaire agus ina phíobaire bhreá, leoga, rud atá go fóill. Is minic fada ó shin a sheasaigh mé ar mhullach an aird sin thuas ar feadh uaire, oíche fhómhair, ag éisteacht leis ag seinm taobh thall den uisce. Títhear domh go gcluinim go fóill an dóigh a dtigeadh an ceol sin chugam trasna an uisce.

'Bhí an duine bocht lán croí agus aignidh, agus é
lách, suáilceach, agus bhí 'ach aon duine go maith dó.
Bhíodh sé ar shiúl ag seinm ar bainseacha agus bhíodh
an t-ól i gcónaí fán láimh ag an duine bhocht. De réir
mar a lean seisean den ghloine lean an gloine de, go
dtí sa deireadh go raibh mo dhuine bocht ar slabhra
aige.

'Fá cheann tamaill d'imigh an duine bocht go
hAlbain agus ní bhfuair cathuithe an diabhail buaidh
ar dóigh riamh air go dtí sin. D'ól sé agus cheol sé agus
chaith sé seal dá shaol ar an drabhlás.

'Sa deireadh bhain sé an baile amach, i ndiaidh
deich mbliana a chaitheamh ar an choigrích. Agus, ba
chuma goidé an mhíchliú a chuireadh na seanmhná
air, bhí croí na mban óg istigh ann.

'Is cuimhin liom oíche amháin agus é ag airneál
anseo agam, mar atá tusa anois, thug mé comhairle dó
pósadh. "Go dté mo chorp i dtalamh, 'Shéamais," ar
seisean liom, "is ní phósfaidh mé. Tá barraíocht aithne
agam ar na mná. Bhí mé lá de mo laetha agus shíl mé
gur aingle de chuid Dé a bhí iontu. Má tá, sin an uair
a bhí mé soineanta neamhchorthach, ar bheagán céille
agus ar mhórán grásta. Ach fuair mé amach ó shin
nach aingle ar bith iad, mar mhná, ach diabhail shaolta.
Is iad is ciontaí leis an méid oilc atá ar an domhan,
agus," ar seisean, "is iad is ciontaí le leath dá bhfuil
in Ifreann, má tá Ifreann ar bith ann, diomaite den
cheann atá ar an tsaol seo."

'Ach, ar scor ar bith, bhí cailín ar an bhaile seo,
Méabha Shiubhán Mhánuis, agus bhí sí iontach geall-
mhar ar an Phíobaire Rua. Sular imigh sé go hAlbain
an chéad lá riamh bhí sí tógtha leis, agus bhí sí ansin
gan phósadh fána choinne ag teacht ar ais dó. Agus ba
chuma léi goidé na scéalta a bhí ag lucht na cúlchainte
fán chineál saoil a chaith sé thall. Agus ba chuma léi
gan aon phingin a bheith ar a thús nó ar a dheireadh.
Rachadh sí amach ar an fharraige leis. Agus nach

iontach leat gur minic a d'inis sé lena bhéal féin cuid
dá ghníomhartha di? Agus ba é an freagra a bheireadh
sí air go raibh croí mór fial fairsing ag an Dia sin a
thug pardún don ghadaí ón chrann, agus nach raibh
sé buille mall aige go fóill aghaidh a thabhairt ar a leas
agus cúl lena aimhleas.

'Ach ba chuma leis fá dtaobh di. Thigeadh sé ar
cuairt chuici nuair a bhíodh ualach ar bith ar a intinn
agus níodh sé a ghearán léi. Nuair a bhíodh ocras air,
agus gan aon ghreim aige le hithe sa bhaile, théadh sé
chuici agus níodh sí réidh tráth bídh dó. Agus i ndiaidh
an iomláin ní raibh acmhainn aige uirthi. Corruair
chuireadh tormán a cos fearg air. Labhradh sé go borb
giorraisc léi, agus is iomaí uair a ghoil sí go géar goirt
i ndiaidh é an teach a fhágáil. Ach ba chuma: bhí
maithiúnas le fáil aige.

3

'Creidim gur minic a chuala tú d'athair ag caint ar
an uair a bhí an trioblóid thall anseo i bpobal Ghaoth
Dobhair. An bliain a marbhadh an Máirtíneach agus
a beireadh ar an tSagart 'Ac Pháidín, trócaire air.
Cuireadh amach cuid mhór teaghlach ar fud na paróiste
agus, i measc daoine eile, Tuathal Shéamais Bháin,
agus an duine bocht ina luí san fhiabhras. Bhainfeadh
sé deor as cloich ghlais, ina luí amuigh ar sráideoig le
coim na hoíche agus an cró beag ba cheart a bheith
mar sciath dhídine aige feannta go dtí na taobháin.
Ach ba doiligh d'aon duine a ghabháil á chóir agus an
aicíd thógálach a bhí air.

'Ach an é do bharúil nach dtáinig Feargal Phádraig
Dhiarmada le clapsholas, theann ar a dhroim é agus
thug leis chun an bhaile chuige féin é, agus thoisigh a
thabhairt aire dó?

'Dia, bhí iontas ar 'ach aon duine fán rud a rinne
sé. Dúirt cuid nach raibh mórán cúraim aige dá bheo
féin. Dúirt cuid eile nach samhlódh siad choíche dó a

leithéid a dhéanamh. Ar scor ar bith rinne na comhar-
sana amach gan anás a ligean air féin nó ar a
chúram, de thairbhe bídh agus rud, a fhad is ab
fhéidir riar dóibh. Agus thigeadh duine anois is arís
go taobh na gaoithe den teach agus d'fhágadh siad
bainne nó arán nó móin, nó cár bith a bheadh leo, ar
an leic os coinne na fuinneoige.

'Oíche amháin bhí sé ina shuí os cionn na tine. Bhí
an seanduine a bhí sa leaba i gcineál suain. Tháinig
scairt go dtí an fhuinneog. D'éirigh sé agus chuaigh
sé amach. Cé a bhí ann ach Nóra Chatach. Ba é seo an
chéad uair a casadh air í i modh cainte. Nó ní raibh sí
ach ina girsigh ag imeacht dó go hAlbain.

"'Thaisce," ar seisean, "ná tar ródheas domh."

"Inis seo domh," ar sise. "Ar dhúirt sé go fóill
gur mhaith leis an sagart aige?"

"Rinne sé monamar inteacht fá dtaobh de an oíche
fá dheireadh, eadar a chodladh is a mhuscladh," arsa
Feargal. "Ach sílim nach mbíonn feidhm le sagart
anois aige: tá sé ar biseach."

"Tá sé aosta," arsa Nóra, "agus má tá an croí
caite aige d'fhéadfadh sé imeacht le taom tinnis."

"Agus goidé an gléas atá ar shagart a theacht chun
an chró seo?" arsa Feargal. "Ar ndóigh, níl a fhios
agamsa, nach bhfaca sagart ag teacht chuig aon duine
riamh, goidé is cóir a dhéanamh."

"Rachaidh mise isteach," ar sise, "agus cóireoidh
mé é fá choinne an tsagairt. Tá coinneal Mhuire agus
éadach lámh agus 'ach aon rud liom anseo."

'Le sin anall léi go dtí an doras agus shiúil isteach.
Ní raibh gar dó a rá léi gan a theacht.

"Beidh an sagart anseo fá cheann leathuaire,"
arsa Nóra.

"Cé chuaigh fána choinne?" arsa Feargal.

"Chuaigh mise fána choinne," ar sise.

"Imeoidh mise nuair a mhothóidh mé ag teacht é,"
ar seisean.

"Cad chuige a n-imeofá?" arsa Nóra.

"Tá, mar nach bhfuil toil dá chomhrá agam," arsa Feargal.

"Tá an sagart i bhfad níos cineálta ná a shíleann í," ar sise. "Is é rud a dúirt sé liomsa go raibh ícháir air go raibh an oiread sin de ghrásta Dé i do aroí."

"Ná labhair liom ar ghrásta Dé," ar seisean. "Má hí sé agam riamh is fada caillte é. Leoga, chan de neall ar Dhia nó ar Mhuire a thug mise an seanduine theach, ach nuair a chonaic mé é ina luí ag rámh-lligh ar sráideoig faoin spéir agus an oíche ag teacht, thiocfadh liom gan a thabhairt liom. Dá bhfágainn ní bhfaighinn suaimhneas go deo dá thairbhe."

'Ba ghairid ina dhiaidh sin gur mothaíodh an sagart ; teacht, agus d'imigh Feargal amach agus d'fhan íos fán chladach nó go raibh an sagart ar shiúl arís. 'Shuigh sé féin agus Nóra Chatach ar dhá thaobh na neadh an oíche sin go raibh am luí ann. Ansin d'imigh e chun an bhaile agus chóirigh sí soipeachán leapa féin sa scioból, nó níor mhaith léi a ghabháil isteach uig a muintir ar eagla go mbeadh an aicíd léi.

'Nuair a fágadh Feargal leis féin thoisigh sé a aoineamh ar an ógmhnaoi a bhí i ndiaidh imeacht. thiocfadh leis stad ach ag smaoineamh uirthi. Mar lúirt sé féin liomsa arís, agus an duine bocht ag inse scéil domh, ní thiocfadh leis deireadh iontais a éanamh den bhuaidh a bhí aici air. Ní smaoineodh focal fealltach a rá ina héisteacht ach oiread is dá íodh sé os coinne phioctúir na Maighdine Muire.

Ba ghairid go raibh a chroí istigh inti. Agus, do arúil an inseodh sé a ghníomhartha dise mar a nseodh sé do Mhéabha Shiubhána? Níorbh eagal

Agus ansin ba mhaith leis ceiliúr pósta a chur thi. Ach thigeadh eagla air nach mbeadh sé ceart esean, a raibh a anam dubh daite leis an uile ghné caidh, lámh a leagan uirthi.

Lá amháin lig sé giota beag dá rún amach fríd mhrá léi. Agus ba é an freagra a thug sí air go

mbeadh sí ag caint leis nuair a rachadh sé ar faoiside
chuig an tsagart. Ba é an dán doiligh leis an duine
bhocht sin a dhéanamh. Chuaigh sé trí Shatharn go
muineál na Reannacha Gairbhe, ag tarraingt go teach
an phobail, agus phill sé 'ach aon uair acu. An ceathrú
huair chuaigh aige a ghabháil ar fad.

"Anois?" ar seisean le Nórainn.

"Tá," ar sise, "go mbeidh mé ag caint leat nuair a
stadfas tú den ól."

'Ar feadh tamaill ina dhiaidh sin chuir mo dhuine
bocht de a bhreithiúnas aithrí, deirimse leatsa. Tífeá
corrlá aonaigh é ar shráid Mhín na Leice agus, mar a
dúirt Cathal Buí, é ag amharc ar na gloiní sna soiléir
i bhfad uaidh isteach. Leoga, is dóiche gur minic a
dúirt a mhuineál buí gur chineálta d'ólfadh sé deoch.
Ach níor bhris sé riamh ar a ghealltanas, rud a chuir
iontas ar 'ach aon duine, nó bhí an fear a bhí ann ar a
shon féin lá den tsaol.

'Sa deireadh thoiligh Nóra Chatach é a phósadh.
Agus ní dhéanfaidh mé dearmad choíche, a Mháire,
den oíche a bhí mé ar an bhainis. Bhí sé féin ag seinm
ar na píoba agus chuirfeadh sé ceo ar do chluasa. Bhí
neart na biotáilte ar an bhainis chéanna, ach ní bhlais-
feadh Feargal aon deor. Tháinig Dónall Thaidhg Óig
chuige le gloine lán i dtús na hoíche, ach ní bhéarfadh
sé air. Tamall ina dhiaidh sin bhí mé féin ag caint leis
agus sinn inár suí ag taobh a chéile.

"Cé a shílfeadh den phótaire mhór, a Shéamais,"
ar seisean liom féin, "go dtiocfadh an lá air a ndiúlt-
ódh sé gloine oíche a bhainise?"

"Is maith an té a níos an t-aithreachas," arsa mise.

"Bím buíoch de mo mhnaoi," ar seisean. "Sciob
sí m'anam ó bhéalaibh Ifrinn."

4

'Ní raibh aon lánúin anseo riamh a bhí chomh
doirte dá chéile agus a bhí an Píobaire Rua agus Nóra

Chatach. Bhí a gcroí agus a n-anam istigh ina chéile. Agus b'fhurast a aithne ar na píoba go raibh Feargal ar a sháimhín suilt.

'Duine amháin clainne a bhí acu, agus le linn é a theacht bhí Nora Chatach go holc. Shíl sí féin agus tuilleadh gurbh é an bás a bhí ann. Lá amháin chuir sí fá choinne Fheargail. Tháinig sé go colbha na leapa agus an gol ag briseadh air. Shín sí amach a lámh chuige.

"'Fheargail," ar sise, "má chaithimse imeacht uait tamall beag, ná stad de sheinm ar na píoba. Tógfaidh sé cian díomsa, nó beidh mé i gcónaí ag do thaobh agus mé ag éisteacht leat."

'Ach ní bhfuair sí bás ina dhiaidh sin. Is cosúil nach raibh an uair ann san am. Fuair sí biseach agus ba ghairid go raibh sí ar a seanléim arís. Agus bhí an leanbh acu ab fhíordheise dá dtiocfadh leat a fheiceáil, girseach beag dheas, agus iad ina mbeirt iontach bródúil aisti.

'Amach eadar thu is an t-earrach bhí bád as an bhaile seo ag gabháil trasna go Ros na Searrach le dornán coirce, go gcuireadh siad ar an áith é i muileann a bhí ag Ciniceam ansin san am. Agus ba mhinic a théadh mná trasna i mbádaí an choirce fá choinne a gcuid earraí a cheannacht ar an Bhun Bheag.

"'Fheargail," arsa Nóra Chatach le Feargal an lá seo, "tá bád Chonaill Néill ag gabháil trasna go Ros na Searrach. Tá mé ag brath a bheith anonn leo chun an Bhun Bhig, go gceannaí mé ábhar culaithe don leanbh. Bhí thusa i do chailín mhaith," ar sise, ag pógadh an linbh a bhí sa chliabhán, "agus tabhair aire mhaith do dheaidí go dtige mamaí ar ais."

"Tá eagla orm," arsa Feargal, "gur deaidí a chaithfeas aire a thabhairt don bhabaí."

"Nach fearr thusa ná é féin, a bhabaí?" ar sise, agus thoisigh sí a ghiollamas leis an leanbh arís. "Tabhair air preátaí a bhruith agus amharc i ndiaidh an eallaigh," ar sise.

'Sa deireadh d'imigh sí. D'iomair siad a mbealach
anonn agus d'fhág a gcuid coirce sa mhuileann. Ag
teacht ar ais dóibh bhí sé ciúin, ach cibé feothan beag
a bhí ann bhí sé ina dtaobh, agus theann siad dhá
sheol uirthi. Chuir fear de na fir buille ar a gualainn
le stiúradh a choinneáil uirthi, agus bhí siad ag teacht
trasna go fadálach. Ach nuair a bhí siad amuigh i lár
an bhéil goidé a tháinig, mar bhuailfeá do dhá bhois ar
a chéile, ach ceann de na séideáin sin a thig go minic le
ruaiteach Márta. Ní raibh ballasta ar bith ar iompar
leo, agus ar an drochuair bhí scód an tseoil tosaigh
ceangailte. An chéad séideán a tháinig uirthi buaileadh
slat an bhéil thíos ar an toinn. Lig fear na stiúrach
amach scód an tseoil deiridh. Thug fear eile iarraidh
ar an scóid thosaigh ach, eadar ceathraí agus driopás,
ní dheachaigh aige a scaoileadh nó go dtáinig an dara
séideán anuas i mullach an chéad chinn orthu. Mar sin
féin, dá mbíodh siúl ar an bhád ní dóiche go gcaillfeadh
sí a greim nó go bhfaighfí an scód a scaoileadh. Ach
ní raibh. Chuaigh sí thar a corp agus dhoirt sí a raibh
léi cupla míle ó thalamh. Báitheadh uilig iad.

'Shocair an tráthnóna ina dhiaidh sin. D'imigh an
séideán bradach nuair a bhí a chuid leis. D'éirigh an
scéal amach. Chruinnigh na slóite. Thoisigh an caoin-
eadh. Creid mise go raibh lá bocht ar an chladach seo
thíos an lá céanna.

'Chuaigh bádaí amach a chuartú na gcorp. Bhí cuid
acu nach bhfuarthas gur éirigh siad, i bhfad ina dhiaidh
sin. Fuarthas corp Nórann an lá sin agus tugadh fá
thír é. An t-amharc sin an lá sin, a Mháire, ní fhág-
faidh sé mo shúile go dté ordóg an bháis orthu—nuair
a chonaic mé ceathrar fear ag teacht aníos ón chladach
agus í leo ar comhla, a gruag fhionnbhán ina líbíní
anuas ar a guailleacha agus srutháin sáile ag sileadh
as a ceirteach.

'Bhainfeadh Feargal bocht deor as cloich ghlais lena
chuid caointe. Bhí an leanbh aige eadar a dhá láimh

agus é ag inse di gur iarr a máthair uirthi aire a thabh-
airt dósan go dtigeadh sí ar ais.

'Chuaigh an buaireamh chomh domhain fán chroí ag
an duine bhocht agus go dtáinig seachrán air. Agus ní
bhfuair sé a chiall riamh ní ba mhó. Agus anois, lena
chastáil ort, dar leat go bhfuil sé comh céillí ina
chomhrá liomsa nó leatsa. Ach fríd an iomlán thig
tallannacha air agus samhailtear don duine bhocht go
mbíonn an bhean atá marbh ag dúil le é a theacht chun
na reilige agus port a sheinm os a cionn. Más ar uair
an mheán oíche a thig an tallann sin air éireoidh sé
agus ní stadfaidh sé go mbí sé sa reilig. An chead uair
a chualathas é síleadh nár de chuid an tsaoil seo é ar
chor ar bith, agus bhí daoine fá na cladaigh a raibh
a gcroí amuigh ar a mbéal leis an uaigneas. Ach táthar
breá tuartha leis anois.

'Sin agat an taibhse a chuala tú an oíche fá
dheireadh.'

'Agus goidé a d'éirigh don mhnaoi úd a bhí i ngrá
leis—Méabha Shiubhán Mhánuis?'

'Théid sí thart anseo corruair agus gráinnín mónadh
i gcliabh léi, bratóg ar a lorga, agus a ceann is a cosa
buailte ar a chéile.'

'Agus an leanbh a bhí ag Nóra Chatach?'

'Tá sí ina cailín i mbun a méide anois agus, leoga,
ına cailín bhreá, beannú uirthi. Agus tá a hathair
chomh cúramach aici leis an tsúil atá ina ceann.

'Ach, ar ndóigh, sin an rud a thaobh a máthair léi—
aire a thabhairt dó go dtigeadh sise ar ais.'

Pointí ar Leith Gramadaí agus Deilbhíochta i nGaeilge an Údair

Séimhiú ar an ainmfhocal agus ar an aidiacht cháilíochta araon i ndiaidh réamhfhocail agus an ailt: *ar an mhaide bhriste, don tsagart mhór.* Mar an gcéanna: *de shíoda gheal, i gcró bheag, ina ghual dhóite.*

Foirm ar leith (nuair is ann di) den ainmfhocal sa tabharthach uatha: *gan bhréig, ar an ghealaigh, chuig mnaoi.* Mar an gcéanna leis an ainm briathartha: *ag rámhailligh.*

Foirm ar leith den ghinideach iolra le hainmfhocail a ngabhann na foircinn **-acha, -anna, -(a)í** leo san ainmneach iolra: *am na lánúineach, a cuid dóigheann, na gcailín óg, na mbuachall, ag iarraidh na n-iasacht.*

An fhoirm choibhneasta **-(e)as** den bhriathar: *nuair a thiocfas, fad agus bheas.*

An modh foshuiteach den bhriathar le **dá** (if), **mura** (if not), **go** (until): *dá ndéanadh, mura ndéana, mura ndéanadh; go mbaine, go mbaineadh.*

An réamhfhocal **a** (roimh chonsan), nó **(a) dh'** (roimh ghuta), leis an ainm briathartha le cuspóir nó iarbheart a chur in iúl: *chuaigh sí a bhleaghan na bó, thoisigh sé dh'éirí lag, ag gabháil a dh'iascaireacht.*

An aidiacht shealbhach leis an ainm briathartha in ionad an fhorainm phearsanta: *ní thiocfadh leis a diúltú* (í a dhiúltú).

An láithreach stairiúil **-(a)idh** den bhriathar sa treas pearsa: *tógaidh sé cian de dhuine, tógaidh sé a cheann agus tí sé ...*

Foirmeacha den chéad réimniú de bhriathra coimrithe san aimsir láithreach agus san aimsir ghnáthchaite: *imreann, d'imreadh; ceanglann, cheangladh.*

Foirmeacha ar leith de bhriathra coimrithe áirithe san aimsir fháistineach agus sa mhodh coinníollach: *imeoraidh, d'imeoradh, ceangólaidh, tarrónaidh.*

d, t, s, gan séimhiú i ndiaidh **ba**: *ba doiligh, dá mba dual, an té ba treise, ní ba soiléire.*

Foirmeacha stairiúla ar leith de bhriathra neamh-rialta áirithe:

bheir, bhéarfaidh, bhéarfadh, ní thug (tugann, tabhar faidh, thabharfadh, níor thug);

deir, ní abrann, ní abóraidh, níor dhúirt (deir, ní deir ní déarfaidh, ní dúirt);

ní, ní dhéan, ní dhearn, nach dearn, níodh (déanann ní dhéanann, ní dhearna, nach ndearna, dhéanadh);

téid, go deachaigh, nach deachaigh (téann, go ndeach-aigh, nach ndeachaigh);

tí, tífidh, tífeadh, a tífeadh (feiceann, feicfidh, d'fheic feadh, a d'fheicfeadh);

tig, ní thig, go dtige, thigeadh, ní tháinig, go dtáinig (tagann, ní thagann, go dtaga, thagadh, níor tháinig, gur tháinig);

gheibh, ní fhaigheann (faigheann, ní fhaigheann).

Foirmeacha ar leith Focal

a chéaduair, i gcéadóir,
  ar dtús.
aigeantach, aigeanta.
aigneadh, aigne.
airneál, airneán.
anál, anáil (ainmneach).
apaidh, aibí.
ascallaí, ascaillí (ainm.
  iolra).
athara, athar (gin. uatha).

báigh, bá, *bay.*
bádaí, báid (ainm. iolra).
báthadh, bá, *drowning.*
bearád, bairéad.
beathach (capaill), capall.
bídh, bia (gin. uatha).
biotáilte, biotáille.
bleaghan, bleán.
bocsa, bosca.
boichtineacht, bochtain-
  eacht.
boin, bó (tabh. uatha).
bomaite, nóiméad.
bonnaí, boinn (ainm.
  iolra).
buaidh (bain.), bua.
buaireamh, buairt.

caithreacha, cathracha.
caslaigh, gin. caslach,
  casla.
cáthadh, cáitheadh.
cha, char, ní, níor.
cineadh, cine.
cláraí, cláir (ainm. iolra).

cliú (bain.), clú.
clúdaigh, clúid.
cneadh, gin. cneidhe, cneá.
cónair, gin. cónrach, cónra.
creapalta, craiplithe.
cruaidh, crua.
crudh, crodh, spré.
cruptha, craptha.
cuantar, cuntar, coinníoll.
cuartú, cuardach.
cumail, cuimil.
cupla, cúpla, *a few.*

daimhseoir, damhsóir.
dealán, gealán.
deifre, deifir.
doirling, duirling.
doisín, dosaen.
domh, dom.
dortadh, doirteadh.
dreisiúr, drisiúr.
driúcht, drúcht.
drud, druidim (ainm.
  briath.).

eadar, idir.
éaló, éalú.
ealt, ealta.
éanacha, éin (ainm. iolra).
earradh, earra.

fá, *round, about, concern-
  ing;* faoi, *under.*
faoiside, faoistin.
fá dear, faoi deara.
fáras, áras.

féacháil, féachaint.
foscail, foscladh, oscail,
 oscailt.
fríd, trí, tríd.
friothálamh, friotháilt.
furast, furasta.

gaisearbhán, caisearbhán.
gasúraí, gasúir (ainm.
 iolra).
giús (fir.), giúis.
gnoithe, gnó, gnóthaí.
 D'aon ghnoithe, d'aon
 ghnó.
goidé, cad é.
gruaidh, grua.

inse, insint.
inteacht, éigin.

laetha, laethanta.
lagar, lagachar.
léineadh, léine (gin. uatha).
leithscéalacha, leithscéalta.
leitir, litir.
loinnireach, lonrach.

madadh, madra.
malacha, mala (gin. uatha).
marbh (briathar), **marbh-
 adh,** maraigh, marú.
máthara, máthar (gin.
 uatha).
mónadh, móna (gin.
 uatha).
muirfidh, maróidh.
muscail, múscail.

neamhchorthach, neamh-
 choireach.
nó (cónasc), óir.

ochras, fochras, *bosom.*
oícheanna, oícheanta.

pasáid, pasáiste.
peacadh, peaca.
pill, fill.
pioctúir, pictiúr.
preáta, práta.
punta, punt.

rása, rás.
ruaidh, rua (gin. uatha).
ruball, eireaball.

s'againne, etc., seo
 againne, etc.
scaifte, scata.
scáile, scáil.
scealpaigh, scailp.
sciord, sciuird.
scíste, scíth.
seasaigh, seas.
simléir, simléar.
síogaíonna, síogaithe,
 síóga.
sligeán, sliogán.
smigead, smig.
sompla, sampla, eiseam-
 láir.
spréadh, spré (ainm.
 briath.).
sroitheachtáil, sroicheadh.
stróc, stróctha, stróic,
 stróicthe.

tarrantach, tarraingteach.

tincléir, tincéir

tineadh, tine (gin. uatha).

tiontó, tiontú.

tobaca, tobac.

toisigh, toiseacht, tosaigh, tosú.

tonna, tonnta (ainm. iolra).

tráigh,[1] gin. **trá,** trá *strand*.

tráigh,[2] **trághadh,** tráigh, trá, *ebb*.

tréigbheáil, tréigean.

truaighe, trua (ainmfhocal).

túrtóg, tortóg.

uilig, uile

Nótaí

Nótaí